JN049115

いずれ最強の錬金術師？

SOMEDAY WILL I BE THE GREATEST ALCHEMIST?

15

小狐丸

KOGITSUNEMARU

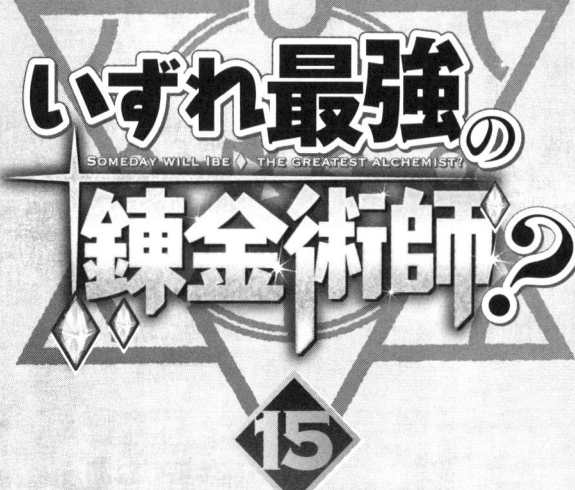

登場人物紹介
CHARACTERS
フラン
ユグル王国の元騎士団員。
ライバル心からか
同期のソフィアを気にしがち。
ソフィア
タクミの
護衛を務める
エルフの剣士。
タクミの奥さんの
一人。
タクミ
ちょっぴり臆病な本作の主人公。
剣と魔法の異世界に転生したが、
喧嘩もしたことがないので
生産職を究めようと決意する。

リリィ
元冒険者のエルフ。
フラン、アネモネとともに
トリアリア王国に
囚われていた。
アネモネ
ユグル王国の
元騎士で
フランの後輩。
ホーディア元伯爵
見た目も心も醜い、
エルフの元貴族。
犯罪者となったが、
しぶとく逃亡中。

1　依頼

邪精霊《じゃせいれい》の御子《みこ》――バールを倒した後、トリアリア王国に囚《とら》われていたエルフの人達を救出して、はい、お終《しま》いってわけにはいかなかった。中には、精霊の加護を失い、逃亡中のユグル王国元伯爵《はくしゃく》、ホーディアの手下に落ちぶれる人がいたのだ。

問題は、そんな奴らがユグル王国の象徴でもある世界樹《せかいじゅ》を焼こうと計画していると掴《つか》んだ事。

僕――タクミは、その事をユグル王国の王女で、聖域《せいいき》ではお隣さんでもあるミーミル様に相談された。

勿論《もちろん》、せっかく安定し始めた大陸が揺《ゆ》らぎかねない、世界樹の焼失を阻止するのに、協力は惜しまない。ただ人族の僕やマリア、獣人族《じゅうじんぞく》のマーニやレーヴァは、エルフの国であるユグル王国では目立つ。

そこで風の大精霊であるシルフが、トリアリア王国から救出したエルフで、ソフィアの元同僚《どうりょう》のフランさん、アネモネさん、リリィさんの三人を鍛えて使えばいいと提案してきたんだ。

助力を頼むのに呼び出すのは失礼かと思って、散歩がてら奥さんのソフィアと一緒にフランさん達の住む家に向かう。

「ふん～ふふんっ」

マリア、マーニと同タイミングで第二子を身ごもって、お腹が目立ち始めたソフィアと僕の間で、僕達と手を繋いだエトワールがご機嫌で歩いている。

マリアとの子供、春香《はるか》とマーニの子であるフローラは家で遊んでいる。

二人とも人見知りってわけでもないんだけど、フランさん達のところに行くって言っても興味を示さなかったんだよね。

エトワールは新しいエルフの住人で、しかも母親であるソフィアの昔の仲間だと聞いて、一緒に行きたいとついてきた。


ゆっくりと歩いて一軒の家の前に到着した。

ここがフランさん、アネモネさん、リリィさんが最近住み始めた家だ。

三人で住んでも余裕があるくらいの広さだ。

この区画には、聖域設立初期から暮らすエルフが多いので、フランさん達の家もここに決めた。

同じ種族の人が近くにいた方が、何かと安心すると思って。

流石《さすが》にいきなり獣人族やケットシー、ドワーフの中に放り込むのは気が引けたからね。

「ソフィアか、何の用だ」

「フラン先輩、ソフィアさんは聖域の管理者であるイルマ様の奥方ですよ」

「いいのよアネモネ、聖域では上下関係は気にしなくて」

ドアを開けて迎えてくれたのは、フランさん。何故《なぜ》かフランさんはソフィアに張り合うところがある。アネモネさんが慌てるけど、ソフィアは笑って流していた。

実際、聖域では身分制度なんて存在しないし、彼女達は元同期。普通の口調だろう。

用があるのは僕なので、早速用件を切り出す。

「今日は、フランさんとアネモネさん、リリィさんに手伝っていただきたい仕事の話で来ました」

「仕事ですか？」

「私達、既に色んなお仕事を体験しているところなんですが……」

アネモネさんとリリィさんは、疑問に思っているみたいだ。

基本的に、フランさん達の仕事に関しては、一通り色々見てから決めてくださいと言ってあったからね。

「玄関で立ち話もないだろう。ソフィアはお腹も大きい。それにエトワールだったか。ミーミル様からいただいたお菓子をあげよう」

「お菓子！　食べる！」

フランさんがソフィアのお腹を見て少し悔しそうにしたけど、エトワールに優しく微笑《ほほえ》み、中へと案内してくれた。

ソフィアにライバル心はあるみたいだが、根っこは優しくて良い人なんだよね。

通されたリビングは、大所帯な僕の家と比べると流石に狭いけど、三人で住むには広いくらいだと思う。

リリィさんがお茶を淹《い》れ、エトワールには焼き菓子を出してくれた。

僕とソフィアの間に座り、クッキーを頬張《ほおば》るエトワールに優しい笑顔を向ける三人に、今日訪ねた用件を切り出す。

「実は、ユグル王国で不穏な動きがあるようなんです」

「!! 詳しく教えてくれ!」

顔色を変えたのはフランさん、そしてアネモネさんもだ。

二人は元騎士団で国防にあたっていただけあり、聖域に移住してきたとはいえ、祖国に何かあると聞かされれば、じっとしていられないのだろう。

そこでシルフやウィンディーネから聞いた、ホーディアについての話を包み隠さず説明する。

「クソッ、まだ生きていたのか! ホーディア伯爵、いや、元伯爵か」

「うわぁー、爵位剥奪《はくだつ》されて逃亡ですか? 絶対ろくな事考えませんよ、あの豚」

フランさんとアネモネさんは、ホーディアの事を知っていたみたいで、その名前が出た瞬間、本当に嫌そうに顔をしかめた。

その横でぽかんとしているホーディアの事を知らないリリィさんに、二人は奴がどんな人間なのか説明……というか、悪口を言っていた。

「ほぇー、エルフの皮を被ったオークですか? そんな奴がいたんですね」

「そうよ。あれ、そういえばあの豚、ソフィアにご執心《しゅうしん》だったんじゃなかったかしら」

「そういえばそうです。ソフィア様に何度も言い寄って無視されてました」

フランさんとアネモネさんが思い出したように言ったけど……

「ちょっとアネモネ、あんたいい加減に私を先輩で、ソフィアを様付けで呼ぶのやめなさいよ。私とソフィアは同期で年も同じなんだから」

「えぇー、だって、フラン先輩は様って感じじゃないですもん」

すると、苦笑いしたソフィアがアネモネさんに言う。

「アネモネ、私の事も普通に呼んでくださいね」

「じゃ、じゃあ、ソフィアさん……ですか？」

「それで構いません」

「ちょっと、それじゃ私の心が狭いみたいになるじゃない！」

昔からの知り合いで話が盛り上がるのは覚悟していたけど、このままじゃ話が進まないので、強引に割って入り、三人への協力をお願いする。

「あ、あの、それでですね、お三方にはユグル王国の王都での警戒と犯罪組織の摘発《てきはつ》を手伝ってほしいんですが……」

「勿論、これでも私とアネモネは元騎士よ。今でも祖国を想う気持ちは変わらないわ」

「はい。微力ながらお手伝いします」

「わ、私も元冒険者ですから戦えます」

フランさん達は快く協力を約束してくれた。

「じゃあ、今回は短期間でのブートキャンプですね、タクミ様」

ソフィアが三人のパワーレベリングについて口にすると、エトワールが手を挙げる。

「パパ、エトワールもブートキャンプしたい！」

「うーん、エトワールには少し早いかな。今度、春香やフローラと一緒に行こうね」

「えぇー！」

「エトワール、我儘《わがまま》はダメよ。今回のブートキャンプは短期間だからとても厳しいの。まだ小さなエトワールじゃ無理なのよ」

「はーい」

これはある程度、戦う技術を持っているフランさん達用なんだから、エトワールには向かない。

ごねずに納得してくれてよかった。

「えっと、ブートキャンプって何でしょう？」

「短期間で厳しいって……」

「……嫌な予感しかしないんだけど」

アネモネさんやリリィさんが、言葉の意味が分からず不安そうにしている。フランさんは、直感的にこれから身に降りかかるハードな訓練を悟《さと》っていた。

じゃあ、時間もないから早速動き出そう。

2　ブートキャンプ

フランさん達三人が手伝ってくれる事になったので、早速彼女達を僕の家に呼び、工房でレーヴァに採寸をお願いした。

ブートキャンプ中は、余った装備で我慢してもらうけど、本番は万全の態勢でいきたいからね。

仮の装備を三人に渡す時にも一悶着《ひともんちゃく》あった。

「こっ、これが仮の装備だと言うのか！」

「こ、ここ、これ、竜の革と鱗《うろこ》!!」

「ふぅわぁー！　この弓っ、凄《すご》い！」

「いや、竜じゃないですよ。ワイバーンや亜竜ですから」

「「それは竜だから！」」

ワイバーンや亜竜なんかを竜に入れると、上位の竜種が怒りそうだ。

フランさんとアネモネさんは、騎士時代には金属鎧《よろい》だったが、リリィさんは冒険者時代に革鎧を装備していたらしく、ワイバーンの革鎧は憧《あこが》れだったみたいだ。

「それで、ここは何処《どこ》なんだ！」

「何だか、魔境並みに魔素《まそ》を感じるんですけどぉ」

「気温が高いですよ」

転移で直接魔大陸《またいりく》のダンジョン前に飛んだんだけど、それを知らないフランさん、アネモネさん、リリィさんの三人が不安そうに聞いてきた。

「ああ、ここは魔大陸ですよ」

「「「魔大陸⁉」」」

三人の声が裏返った。

「ま、まま、魔大陸とはどういう事だ！」

「えっ？　訓練してもらうって言いましたよね」

フランさんにそう返していると、リリィさんが声を上げる。

「へっ？　あの、あそこに見えているのは、ひょっとしてダンジョンの入り口だったりします？」

「おっ、流石リリィさんは元冒険者だけあって、ダンジョンは分かりますか。そうです。これからフランさん達には、ダンジョンでレベルアップと、有用なスキルの取得とスキルのレベルアップをしてもらいます」

ソフィア達は産休中なので、今回も僕と従魔のアラクネ――カエデ、そして暇をしていたアカネとルルちゃんでサポートする。ダンジョンの中に入ってからは、ゴーレムのタイタンを前衛のタンク役で呼び出すつもりなので、よほどの事がない限り大丈夫だろう。

それに今回はアカネがいるので、回復役が僕と併せて二人になる。フランさん達も安心感があるだろう。

「タクミ、早く行きましょう。日が暮れるわよ」

「そうニャ。久しぶりのダンジョンニャ。楽しみニャ」

「えっ、えっ」

小柄なルルちゃんがやる気マンマンなのを見て、フランさんが戸惑《とまど》っている。

「マスター、行こう」

「了解。じゃあ皆さん、行きますね」

焦《じ》れたカエデが早くダンジョンに入りたがっているので、索敵《さくてき》役の彼女を先頭にダンジョンへと入った。

先頭にカエデ、その後ろにフランさん、アネモネさん、リリィさんが三人横並び、直《す》ぐ後ろにアカネとルルちゃん、最後尾に僕といった布陣だ。

フランさん達が三人並べる事から分かるだろうけど、このダンジョンは通路がとても広い。僕達がよく来るここは、竜種のダンジョンだからね。

場所はフランさん達のレベルアップが手っ取り早いという事でここに決めた。

他にもソフィア、マーニ、マリア、そして新たに僕の家族となったベールクト、フルーナに竜のお肉を食べてもらいたかったって理由もある。

竜の肉は美味《おい》しいのは勿論、滋養強壮《じようきょうそう》にもってこいの食材なんだ。

妊娠中の栄養ってだけじゃなく、美味しいお肉を食べれば、ストレスの解消にもなるかな、なんて考えがあった。

「「「ヒャアァァァーー!!」」」

「ほら、早く仕留めなさい」

「息の根を止めるニャ」

僕の目の前では、カエデの糸に拘束《こうそく》され、いい具合に痛めつけられた地竜《ちりゅう》に怯《おび》えるフランさん達に、早くトドメを刺せとアカネとルルちゃんが催促《さいそく》している。

「「「ヒャアァ!!」」」

ようやく地竜を倒したものの、大幅なレベルアップに身体がついていかず、悲鳴を上げるフランさん達三人。非情にも歩き出すアカネとルルちゃんのコンビ。

「次行くわよー!」

「はいニャ!」

「まっ、待って、もう少し待ってぇ!」

広い竜種のダンジョンに、フランさんの悲鳴が何度も木霊《こだま》した。

僕はそれを見ながら、このパワーレベリングが終われば、ダンジョンの外の魔境で、オークの集落潰しをしようかと考えていた。

ユグル王国でのミッションは、対人戦がメインとなる。フランさんとアネモネさんは騎士団で戦争を経験しているので、対人戦も慣れているだろうけど、ブランクが長いし、ここでの大きな竜種との戦闘ばかりじゃ勘は取り戻せないからね。

そういえば、人型の魔物ばかりが出没するダンジョンもあったな。

その辺は皆《み》んなと相談かな。

泣きながらやけくそ気味に竜種へ突撃するフランさん達の後をのんびりと歩きながら、今後の彼女達の強化プランを考えた。

3　対人戦訓練

「と、いう事で、今度はゴブリンの上位種にオークやオーガ、ミノタウロスにトロールなんかが出てくる人型限定ダンジョンです」

「「「何が『という事で』だぁー！」」」

「おおぅ」

フランさん達が荒ぶるのも仕方ない。

竜種のダンジョンでは時間がない事もあり、大急ぎでパワーレベリングしたからね。急激に上昇した身体能力や魔力に慣れるのも大変だと思う。

「まあでも、ユグル王国では対人戦がメインですし、フランさんとアネモネさんも、元騎士団とはいえブランクが五十年以上ありますから。必要ですよね？」

「「「ぐぅ……」」」

黙った三人を連れて突入したのは、これも魔大陸のダンジョンの一つ。

魔大陸の王達から不人気な人型が大量に出没するダンジョンだけど、ここはまだ出てくる魔物の中にオークが含まれているので、辛うじて各国の兵士が肉目当てに潜《もぐ》る。

僕の目の前では、フランさん達が必死になって剣を振るっていた。

フランさんとアネモネさんは、本来なら騎士らしく片手剣と盾なんだろうけど、今回は左手に短剣を持っている。

いわゆるマンゴーシュのような補助的な短剣としての使い方だ。

短剣を盾として使用する超攻撃的な装備だけど、これにもちゃんと理由がある。

今回、ユグル王国の王都に潜入し、ホーディアの手下や犯罪組織、トリアリア王国から解放したけど、闇《やみ》に堕《お》ちてしまった人達を捕縛《ほばく》、もしくは撃退するのがミッションだ。

騎士団は騎士装備で巡回するけど、フランさん達は冒険者風の装備で街を警戒する予定なので、ロングソードと短剣の二刀流を練習しているのだ。

元冒険者のリリィさんは、弓をメインに短剣やナイフを使っていたらしいが、王都内で目立たずに弓を射るのは難しいので、フランさん達と同じロングソードと短剣装備を練習してもらっている。

併せて、杖術《じょうじゅつ》をかじっていたと言うので、トレント材で杖を作った。

ミスリルコーティングで魔法の補助は勿論、杖術に耐えられるようエンチャントで強化してある。

僕が指導してもいいんだけど、杖術という事で今回は狐人族《きつねじんぞく》のレーヴァが来ていた。

「「「ヒィヤァァァーー!!」」」

フランさん達の悲鳴が聞こえた。

竜種のダンジョンで十分レベルは上がったし、細かな技術以外のスキルレベルもだいぶ上がっている。

あとは対人戦の勘を取り戻すために戦闘を繰り返す。それはもうひたすらに……

フランさんの左手に持つ短剣が、オークナイトが上段から斬りつけたロングソードを受け流す。体が流れた隙《すき》を逃さず、今度は右手の剣を突き刺した。

「アネモネ、スイッチ！　リリィはサポート！」

「「はい！」」

号令をかけたフランさんはバックステップで大きく下がり、アネモネさんが前線に飛び出す。

アネモネさんは姿勢を低くして突撃した。

フランさんが仕留めて倒れたオークナイトの後ろから襲いくるオークジェネラルの脚を、アネモネさんが斬り裂きながら駆け抜けた。

『ブフォォォーー!!』

オークジェネラルが苦痛に叫び、アネモネさんへ攻撃しようと足を止めたところに、リリィさんの杖の一撃がその頭を襲う。

時間差で再び攻撃に参加したアネモネさんのロングソードと短剣が、オークジェネラルの首へと叩き込まれた。

オークジェネラルの頭がゴロリと落ち、残った胴体から血が噴き出した。

「はぁ、はぁ、はぁ……よだれを垂《た》らして向かってくるオークには慣れないわね」

「はぁ、はぁ、本当ですよね」

「……オークだけじゃなくてオーガもですけどね」

「お疲れ様です。連携も良くなってきましたね」

何体もの雑魚オークの後にオークナイトとオークジェネラルを倒し、感想を言い合うフランさん達を、僕は褒《ほ》めた。

実際、元騎士と元冒険者の三人だから、レベルアップでステータスが爆上がりすれば、このくらいの事は出来ても驚きはない。

元々対人戦に慣れていたフランさんとアネモネさんに対して、得意武器の弓を封印しているリリィさんは最初苦戦していたけど、それも最初のうちだけだ。

あとは聖域の騎士団と模擬戦でもすれば十分な気がする。

団長のガラハットさんに話を通しておこう。

4　こっそりと帰郷

オーソドックスな革鎧の上にフード付きの外套《がいとう》を羽織《はお》り、周囲の視線から逃れるようにそのフードを目深《まぶか》に被った三人が感慨深げに立ち止まり、ユグル王国の国境にある街を見渡していた。

「五十年ぶりですね」

「私も久しぶりです」

「……ああ、感慨深いものがあるな」

アネモネさんとリリィさんが嬉しそうに言うと、フランさんの目にも嬉し涙が浮かんでいた。

街道を行く人達は、三人のエルフの女性が歩いているだけのように見えるだろう。その直ぐ近くを歩く僕の姿は見えていない。

本来なら精霊の監視の目があるし、それ以前にユグル王国を包む結界は、こっそりと抜けられるようなものではない。

どうして僕が姿を隠してフランさん達に同行出来ているのかと言うと、簡単な話、これがシルフやウィンディーネ達、さらに王女であるミーミル様やルーミア王妃からの正式な依頼だからだ。

結界を抜けるのは、大精霊と世界樹の許可があれば簡単だし、そもそも精霊樹の守護者である僕は無条件で結界を抜ける事が出来るらしい。

周囲のエルフ達に僕の姿が見えない理由は、バージョンアップした認識阻害の外套に加え、新しく作った魔導具で、光学迷彩を再現した「幻術《げんじゅつ》の腕輪《うでわ》」。そこに僕自身の隠密《おんみつ》系スキルが合わされば、エルフと言えど見つける事は不可能に近いだろう。

無事に入国出来たので、ここでフランさん達とは一旦別行動しようと思う。

三人に渡してある通信の魔導具に話しかける。

『フランさん、僕はこれから別行動します。一日に二度、定時連絡するようにしましょう』

『分かったわ。私達は真っ直ぐに王都に向かい、拠点となる宿をとる予定よ』

『了解です。じゃあ、皆さんも気を付けて』

『は、はい』

『が、頑張ります』

アネモネさんとリリィさんが多少緊張気味だけど、今日までみっちりと訓練を積んだ三人なら大抵の事は大丈夫だと思う。

僕は三人と別れると、シルフの指示する場所へと向かう。

どうやらホーディアもまったくの無能というわけではなかったようで、今回王都を騒乱《そうらん》に陥れるに際し、王都にほど近い街で陽動のためのテロを計画しているようだ。

この王都からほど近いというのがミソで、王都からの援軍を誘《おび》き寄せ、王都の守備隊や騎士団の人数を減らしたところで一気に王城へと考えているようだ。

まぁ、ホーディアは、三ヶ国合同魔大陸でのダンジョン訓練を経《へ》て、そのダンジョン産の素材から造られた装備、そして旧トリアリア王国での黒い魔物氾濫《スタンピード》を乗り越えたユグル王国の騎士団がどのくらい強くなっているのか知らないんだろうね。

ユグル王もこの機会に、国内に巣食《くちく》う犯罪組織の駆除《くじょ》を考えているそうだ。

今回だけで、全ての犯罪組織を駆逐出来るわけじゃないけど、この手の事は根気よく続けるしかない。

気配を絶ち、姿を消し、存在を隠匿《いんとく》して道なき道を駆けていた。

先導するように前を行くのは、僕とお揃《そろ》いの外套を羽織ったカエデだ。

今回、隠密《おんみつ》活動に特化したカエデと二人での行動になる。

これから向かう街に潜伏する犯罪組織の人数ならカエデだけでも十分かもしれないけど、カエデは時々やりすぎるからね。僕は、ストッパーってわけだ。

それに僕とカエデがチームを組んで行動していれば、手早くホーディアに関わる犯罪組織を壊滅させて、転移で王都に行ける。

ヒュンと不意に風が強く頬《ほお》に当たったかと思うと、街道を行く商人が首をひねっていた。

「あれ？　何だろう？」

周囲を見渡しても何も変化はない。穏《おだ》やかな日差しと風に変わりはない。

犯人は退屈したカエデのイタズラだ。

いくら姿や気配を消していても、僕とカエデが高速で移動すれば風が巻き起こる。だから街道を外れた道なき道を、時には樹々の間を跳び進んでいるんだけど、ただ駆ける事に飽《あ》きたカエデが時々街道を行く人達の側を駆け抜けているんだ。

そんなに退屈なら亜空間の中で寝てればいいのにと思うが、久しぶりの僕と二人でのお出かけに、少しテンションが高いんだよね。

それほど広くないユグル王国なので、翌日のお昼前には僕とカエデは目的の街へとたどり着いた。

さて、アジトを特定したら、一度フランさん達と連絡をとらないとな。

5　アジト

僕とカエデは目的地に到着すると、シルフに先導され、犯罪組織のアジトとなっている街外れの古い屋敷近くに来ていた。

（マスター、いっぱいいるね）

アジトらしき屋敷を近くの建物の屋根の上から監視する。カエデが念話で言うように、屋敷の中には予想以上に人数が集まっていた。

（本当だね。でもエルフ以外も結構いるもんなんだね）

（ユグル王国だって、鎖国《さこく》してるわけじゃないもの。他種族も少しはいるのよ）

シルフ曰く、それは何も不思議な事ではないらしい。

確かにユグル王国は入国審査は厳しいが、他国からの入国が禁止されているわけじゃない。交易で商人が行き来しているし、その護衛の冒険者も当然入ってくる。

まあ、移住は難しいみたいだから、他種族がユグル王国の国民になるのは、ハードルが高いらしいけどね。基本的に、最長数ヶ月の滞在許可を取って観光や商売に訪れるそうだ。

それに最近は、三ヶ国同盟と未開地特需もあり、人の往来は活発だ。常に物資は行き来しているからね。

人の行き来が活発になれば、こんなはみ出し者も当然増える。

エルフと言っても、ホーディアを見れば分かるように、皆が精霊を敬い信仰し自然との調和を重んじる穏やかな人ばかりじゃない。

今でもたまに聖域に侵入しようとしたり、結界を攻撃したりするバカなエルフもいるくらいだしね。

そんな奴らは必ずと言っていい確率で、精霊の加護を失い、精霊の姿どころか声も聞けなくなる。

その時点で自身の過《あやま》ちに気が付き、悔い改める人も少数はいるらしいけど、だいたいはそのまま堕ちていくそうだ。

そんな堕ちたエルフの多くが、このアジトと王都に集まり始めている。

勿論、これがこの国にいる犯罪組織や犯罪者の全てじゃないけど、ホーディアは今回だいぶ頑張ったみたいだね。思っていた以上に動員していた。

(マスター、少し減らしておく?)

(いや、それはやめとこう)

カエデがアジトに集まってくる奴らを間引こうかと聞いてきたけど、その後警戒されてバラけられるのが面倒なので、今はじっとしておく。

(そのかわりに少し情報収集でもするか)

(うん! カエデが行ってくるね)

よほど暇していたのか、僕がそう言うとカエデから嬉しそうな念話が伝わり、次の瞬間、その場から姿が消えていた。

カエデは種族としても隠密行動に向いているんだけど、小さなキラースパイダーから短い期間で進化を繰り返してアラクネの最上位種となった、その過程での濃密な戦闘経験もある。こと隠密行動に関しては、僕でもまったく敵《かな》わない。

まぁ、人族とアラクネという種族の違いが大きいんだけどね。

これが精霊の加護を失っていないエルフが相手なら、察知される可能性も僅《わず》かにあるが、ここではそんな心配はいらないから、僕も安心してカエデを待っていられる。

一時間くらい経った頃、音もなくカエデが戻ってきた。

僕は自分の従魔だから分かるけど、そうじゃなければ気付くのが難しいレベルの隠密性だ。

（おかえり）

（ただいまー）

（それで、何か分かった？）

（うん！　日が昇ったら行動開始だって言ってたよ）

（夜じゃないのか）

意外な事に、日が昇り始めてから行動開始するらしい。どう考えても、普通なら暗い時間帯の方が移動しやすいと思うんだけど……

（どうしてだろうね。カエデやマスターみたいに、夜目《よめ》が利《き》かないのかな？）

（そうか、そういう理由か）

エルフという種族は自然と共に生きるだけあり、普通は人族よりも夜目が利く。精霊の加護を持つエルフは暗闇をものともしないが、加護を失った奴らは夜の闇は味方じゃないんだ。

そうとなれば、集まりきった今のタイミングでコッチから仕掛けるのもありだな。

（カエデ、逃げられないように、アジトの周りに糸の結界をお願い）

（分かったよ、マスター！　やっつけに行くんだね！）

やる気満々なのが念話からも分かる。

カエデが再び僕の側から消える。

それを確認した僕も外套のフードを被って立ち上がり、屋根の上から空へとダイブした。

フワリと音を立てずに僕が降り立ったのは、奴らがアジトとして使う屋敷の屋根の上。

直ぐにカエデが僕の横に戻ってきた。

僕とカエデは頷《うなず》き合い、それぞれ行動を開始する。

これからは時間との勝負だ。

6　アジト襲撃

屋敷の中で、街で暴れるために準備し始めた、ホーディアが集めた犯罪組織の男達。

三階建ての屋敷の二階部分に侵入し、そんな男達に陰から静かに襲いかかる。

音を立てずに一人、一人と意識を奪《うば》いとる。

今回、必ずしも殺す事に重きを置いていない。

犯罪組織なので、捕まればよくて犯罪奴隷《はんざいどれい》、最悪は死刑なんだけど、今回は手早く全員を無力化するのが第一だ。

まぁ、街中でテロを企《くわだ》てる輩《やから》がどうなろうと知らないし、むしろユグル王国としては、主犯格以外は面倒なので始末してくれた方がいいとさえ思っているかもしれない。

でも流石に街の中で大量殺戮《さつりく》するのは憚《はばか》られるので、可能な限り捕縛する方向でカエデにも話してある。

僕も人殺しに慣れたわけじゃない。たとえそれが相手が極悪人だとしてもだ。

勿論、殺さない選択をするには、それだけの力が必要だ。僕とカエデは、その圧倒的な力がある。ゴロツキ程度、無力化するのなんて簡単だった。

一つの部屋の前に立ち、外から強制的に眠りに誘う闇属性魔法「ヒュプノス」をかける。

その後、扉を音もなく開けて素早く部屋の中へ侵入すると、立っていた者から無属性の念動で倒れるのを防ぐ。

座っていた奴やソファーに寝転んでいた奴は、ヒュプノスの魔法で、その場で眠るだけだけど、立ってたら倒れちゃうからね。

遮音《しゃおん》の結界を張るっていう手もあるけど、魔力消費の比較的多い結界系の魔法は、魔力感知スキルが高いと気付かれる可能性もあるから、可能なら使いたくない。

僕は眠る犯罪組織の構成員を拘束《こうそく》していく。

こんな時、カエデは大活躍する。

僕が一人をロープで拘束している間に、カエデは自前の糸でこの部屋にいた残る五人を縛っていた。

(流石、この手の仕事はカエデには敵わないな)

(やったー！　マスターに褒められたぁー！)

念話で褒めると、カエデは喜んでその場でピョンピョン飛び跳ねている。

あんなに飛び跳ねているのに、音がしないのは流石、カエデだ。

(さて、次に行くよ)

（了解、マスター）

侵入した二階部分から一つ一つ部屋を攻略していく。

廊下を歩く者も勿論、意識を刈《か》り取る。

二階にいた構成員を全て捕縛した後、僕とカエデは一階へと下りた。

この屋敷に地下室があることは分かっているので、一階が終われば地下室だ。そして最後に三階にいる、この街での暴動を指揮する立場の男を捕縛する。

この男は、犯罪組織の構成員ではなく、ホーディアの部下だ。

勿論、犯罪組織からも部下を統率する立場の人間は来ていて、同じ三階の一番豪華な部屋にいるのは確認済みだ。

この手の情報は、シルフが精霊から仕入れてくれるので、僕とカエデは楽させてもらっている。

一階を制圧し終えると、次に地下室へと下りる僕とカエデ。

地下には僅かな見張りしかいないのは分かっていた。その見張りを手早く片付けると、目的の場所へと向かった。

「ひぃうっ……」

「しっ。助けるから静かにしてくれるかな」

そう言って闇属性の鎮静《ちんせい》魔法「パシフィケーション」をかける。

その部屋にいたのは、何処からか連れてこられていたエルフの女性。

エルフが主体の犯罪組織でも、悪い事に手を染める奴らのする事は似たようなものだ。

計画を実行するまでの間、慰《なぐさ》みものにするために攫《さら》ったのだろう。

怯えていた彼女が鎮静魔法で少し落ち着いたので、続けて「ピュリフィケーション」で浄化して全身の汚れを落とす。

助けられた事を理解したのか、安心した彼女はそのまま眠ってしまった。

「マスター、この人どうする？」

「どうしようかな。転移で避難させてもいいんだけど……タイタン、頼めるかな」

聖域に転移で連れていっても、説明に時間がかかりそうなので、ここはタイタンに護衛してもらおうと亜空間から呼び出した。

「リョウカイデス、マスター」

出てきたのは三メートルを超える巨体のタイタンじゃなく、そのコアユニットである小タイタンの方だ。

小タイタンとはいえ、アダマンタイト合金製のボディに、高性能で大きな魔晶石《ましょうせき》を内蔵している。相手がエルフといえど犯罪組織の構成員程度には負けない。

目覚めて目の前にいきなりタイタンじゃパニックになるかもしれないので、一応女の人には「スリープ」の魔法を使う。

スリープの魔法は、犯罪組織の構成員に使ったヒュプノスとは違い、数時間経てば自然に目覚めるし、外部からの刺激でも起きる事が出来る比較的対象者に優しい魔法なんだ。

それに引き換え、ヒュプノスは少々の事では目覚めない。レジストされる心配はないと思うけど、奴らには多少の外的要因では目覚めないヒュプノスを使った。

「あとは三階だな。行こうかカエデ」

「うん、早く終わらせて、王都に行かないと始まっちゃうもんね」

僕とカエデは、残るホーディアの部下を捕縛するために、三階の部屋へと急いだ。

7　王都テロ勃発《ぼっぱつ》

三階の目的の部屋の前に立ち、扉を開けると同時にヒュプノスをかける。

ここが最後の部屋なので、普通にドアを開けて入る。

それでも装備の影響で、部屋の中にいた奴らは何が起きたのか分からず意識を手放した。高度な隠密状態の僕とカエデには気付かなかったのだ。

カエデが手早く糸で拘束していく。

ただ糸で拘束するだけじゃなく、麻痺《まひ》系の状態異常を付与して、もし眠りの魔法をレジストして起きたとしても、魔法が使えないようにしている。

その辺は、相手がエルフなので慎重すぎるくらいでいい。

カエデと手分けして全員を拘束し終えると、この中で一人だけ雰囲気の違う人間を見つけた。

こいつがホーディアの部下で、ここの指揮をとる責任者だろう。

僕は早速、この男のヒュプノスを解除する。

一応、僕とこの男の周辺に遮音結界を張るのを忘れない。

隠密系のスキルをオフにし、外套のフードを外す。

「……グッ、はっ、誰だお前は！」

「僕が誰でもお前には関係ない。王都でのテロの詳細を話してもらおうか」

「っ⁉　お前はっ！　どうして……」

「ヒュプノシス」

「ウッ………」

僕は騒ぐ男にもう一度闇属性魔法をかけた。

これは相手を催眠《さいみん》状態にして操る事が出来る魔法。

犯罪者に対して、闇属性持ちの尋問官《じんもんかん》がよく使う魔法だ。

「王都でのテロの規模と人員の数、場所を教えろ」

「……王都での作戦は………」

ひと通り情報を引き出して男を眠らせると、ひと息ついた。

「ふぅ、こいつら世界樹を焼こうなんて、本当にエルフなのか」

「マスター、地下の女の人どうする？」

「ああ、それもあったね」

ベストなのは、一旦聖域で保護する事だろうけど、今は一刻を争う。

「とにかく、タイタンを護衛に残して僕達は王都へ急ごう。世界樹を焼かせるわけにはいかない」

「了解、マスター」

このアジトの後始末も後回しにして、僕とカエデはタイタンに念話であとを託し、王都へと転移した。


到着すると、幸い王都はまだ平穏な様子で、少し安堵する。

僕はカエデと世界樹の方向へ移動しながら、通信の魔導具でフランさんに連絡を入れる。

『フランさん、今大丈夫ですか？』

『ええ、平気よ』

僕が話しかけると、フランさんがそう返してきた。

『予想通り、連中は王都に散らばり、一斉に行動を開始するつもりのようです』

『ど、どうするのよ。私達は、どうしたらいいの？』

『おそらくホーディアの目的は、ユグル王国からの脱出だと思います。そのために王都と近隣の街でテロを起こし、その騒乱の間に自分と少数の部下で逃げ出すつもりじゃないかと思ってます』

『くそ豚野郎！　ぶち殺してやる！』

『先輩、落ち着いてください！』

『二人とも、声が大きいですよ』

フランさんの激昂《げきこう》する声と、それをなだめるアネモネさんとリリィさんの声が聞こえる。

いくらホーディアが馬鹿でも、ユグル王国を転覆《てんぷく》出来るなんて思わないだろう。なら何故わざわざ王都と近隣の街、複数箇所でテロ行為を行って、世界樹を焼くなんてエルフの風上にも置けない行為を計画しているのか？　それは国外脱出以外にないと思う。

ホーディアはこのままこの国に残っても、隠れて暮らすしかないが、あの男がいつまでもコソコソと隠れ住むなんて出来るわけがない。

『フランさん』

『あ、ああ、ごめんなさい。興奮しちゃったわ』

『僕とカエデは世界樹へのテロを防ぎます。フランさん達は、騎士団と協力して王城へのテロに対応してください』

『分かったわ。城下はどうするの？』

『騎士団の一部と冒険者に任せましょう。全てを僕達とフランさん達ではカバー出来ませんから』

『了解したわ！』

フランさんとの通信を切り、世界樹へと急ぐ僕の探知範囲に、おかしな動きをする人の気配を感じた。

その時、シルフが現れ詳しい敵の配置を教えてくれる。

「タクミ、三ケ所から襲うつもりみたいよ」

「人数は？」

「フォーマンセルで三ケ所だから十二人ね」

「街の中にいるのは？」

「全員で百人程度かしら」

「多いな。シルフ、騎士団とフランさん達を上手く誘導出来るかな？」

「分かったわ。少なくとも全員、王都から逃がさない」

そう言うとシルフはその場で姿を掻《か》き消す。

僕とカエデが、顔を覆面で隠した男達に攻撃したのと、城下で魔法の爆発音が響いたのは、ほぼ同時だった。

8　テロリスト捕縛

僕とは別のグループへと急襲したカエデが、糸を音もなく高速で飛ばし、四人のうち二人を拘束する。

世界樹に対してテロを企てる奴に、遠慮なんていらないと僕でさえ思うのだけど、世界樹の近くを血で穢《けが》したくはなかった。

だから僕とカエデは、面倒だけど無力化して捕縛する事を選んだんだ。

カエデが次の二人に襲いかかるのを気配で確認しながら、僕は別の四人組に接近する。

「クソッ！　人族が邪魔《じゃま》するなぁ！」

「世界樹を焼こうとするエルフに、何を言われても知らないよ！」

ドガッ！

「グッ……」

無手《むて》で接近する僕に、短剣で斬りかかるエルフの男。だけど、魔法職だからなのか、短剣の扱いは上手くない。その上、レベルも低いようで、手加減に手加減を重ねて当て身を入れるのも難しくなかった。

倒れるエルフを確認する事なく、僕は次の男に縮地を使って間合いを詰めると、脇腹《わきばら》に掌底《しょうてい》を打ち込む。

ドガッ！

「グッフッ⁉」

手加減はしているけど、エルフの男は真横に吹き飛んだ。それを見て、横の男が今ならいけるとでも思ったのか腰の短剣を抜き打ってきた。

シュン！

基礎能力の違いだけじゃなく、スキルの数やレベルがかけ離れている僕に、そんな攻撃が通用するわけがない。短剣を躱《かわ》して懐《ふところ》に入ると、掌底で下から顎《あご》をかち上げる。

「ゴフッ！」

意識を刈り取られた男は、糸の切れたマリオネットのように、その場にクニャリと倒れた。

「ダルク！　クソッ！」

残るもう一人のエルフの男が、自分だけでも世界樹に魔法を撃ち込もうと離脱を試みる。

「させるか！」

地力が天と地ほど開いているので、エルフの男が全力で離脱しようとしても一秒と経たず追いつき、首筋に手刀を入れる。

「グッ！」

ドサッ……

倒れたエルフをアイテムボックスから取り出したロープで手早く拘束する。

併せて、魔力の流れを阻害する魔導具を取りつけ、魔法を使えないようにしておくのも忘れない。

相手は精霊魔法を使えなくなったとはいえ、腐ってもエルフだからね。

僕が三つ目のグループへと駆け出したのとほぼ同時に、カエデも麻痺の糸でテロ犯を拘束して同じ目標へと高速で接近し始めていた。

「チッ！　ファイヤーアロー！」

「ウィンドカッター！」

振り切れないと判断した四人のテロリストの内の二人が、僕とカエデに魔法を放った。

僕達は魔法を避けもせず、そのまま突撃する。

「「なあっ！」」

撃ち出された魔法をものともせず、猛スピードで近づく僕とカエデに、二人のエルフが驚愕《きょうがく》の声を上げた。

ドラゴンとゴブリンほど戦闘力に差があるのに、わざわざちゃちな魔法を避けはしない。

あの程度の魔法なら、軽く障壁を張っただけで防げてしまう。

いや、あのくらいであれば障壁がなくても大丈夫かもしれないな。やらないけど。

パニックに陥った二人のエルフは、がむしゃらに魔法を乱発し始める。

「くっ、来るなぁ！　来るなぁ！」

「バ、バケモノがぁ！」

足を止めて魔法をめちゃくちゃに撃つ相手に、僕とカエデはわざわざ障壁で防ぐ必要もなくなり、ユラユラと法撃を回避しながら間合いを詰める。

「ヒィイッ!!」

ドスッ！　バキッ！

僕とカエデから、ほぼ同時に繰り出された、最大限に手加減された一撃は、簡単に二人の意識を刈り取った。

二人を拘束する間も惜しみ、最後の二人へと駆け出す。

そいつらは、世界樹の元にたどり着いていた。

「一歩遅かったなぁ！」

「俺達を虐《しいた》げた王家もこれで終わりだぁ！」

二人がかざした手から、あいつらの最大の火属性魔法だろう法撃が世界樹に向け放たれた。

「「ハッハッハッハッハッ…………ハァ？」」

高笑いしていた二人の表情が見る見る青くなる。

それを冷めた目で見つつ、僕とカエデは歩いて彼らに近づく。

「その程度の魔法が数発当たったくらいで、世界樹の結界が破れるわけがない」

「マスター、この人達おバカさんだね」

「だな。エルフの誇りもないバカ達だよ」

「クソッ！　死ねぇー！」

結界が破れないと判断した二人が、今度は僕達に牙を剥《む》く。

世界樹はエルフにとって、どれだけ大切なものなのか、エルフじゃない僕でも知っているのに……

ゆっくり近づく僕達に向け放たれた魔法を、僕とカエデはハエでも払うように片手を振り、叩き落とす。

「なっ！　バカな！」

「お、俺の魔法を手で払うだとぉ！」

いつまでも付き合っている時間はないので、カエデと一人ずつ一撃で意識を奪う。

カエデが倒れた二人を拘束してくれる。

僕がロープで縛るよりも早いからね。

「さて、フランさん達の援軍に向かうよ」

「了解だよ、マスター！」

騎士団とフランさん達がいるとはいえ、王都のあちこちで暴れる奴ら全てを事前に防ぐのは無理だ。

今も魔法の炸裂音《さくれつおん》が聞こえる。

僕とカエデは、拘束した犯人達をその場に放置すると、気配を感じる方向へと急いだ。

9 エルフの皮を被った……

王都の複数箇所で、同時に魔法による爆発が起きた。

警戒していた騎士団や衛兵が、テロリスト鎮圧に向けて迅速《じんそく》に動き出す。

バーキラ王国、ロマリア王国、ユグル王国の三ヶ国同盟が結ばれた後、トリアリア王国やシドニア神皇国《しんこうこく》との戦争を経て、さらにタクミによる魔大陸でのダンジョンブートキャンプで精鋭化したユグル王国騎士団の動きは速かった。

そしてタクミとカエデのダンジョンブートキャンプを乗り越えた者がここにもいた。

「アネモネ！　リリィ！　行くわよ！」

「「はい！」」

フランの号令に返事をし、駆け出すアネモネとリリィ。

タクミから王都のテロに対処するよう依頼されたフラン、アネモネ、リリィの三人は、魔法の発動の気配を察知すると、爆発が起きる前に準備を終え、動き出していた。

騎士団だった頃よりも、冒険者だった頃よりも大幅にレベルが上がり、さらに各種スキルレベルの向上と新規スキルの取得。ダンジョンブートキャンプを受けた騎士団の精鋭と同等以上の力を得たフラン、アネモネ、リリィが王都を駆ける。

その彼女達の魔力探知に反応があり、精霊が敵だと教えた。

「アネモネ、二時！　リリィ、十時！」

「「はい！」」

フランの短い指示で、それぞれ行動へと移す。

「ウッ！」

「グゥヘッ！」

「ギャッ！」

たちまち三人のテロリストが地面へと沈む。

「エルフだけじゃありませんね」

アネモネが意識を刈り取ったテロリストの一人を引きずりながら言った。彼女が引きずっているのは冒険者風の人族だ。

「そうね。人族の冒険者崩れも交じっているわね」

「エルフは、全員が精霊の加護を失っているみたいです」

フランが頷き、リリィは担いできたエルフの男をその場にドサリと放り捨てた。

「なら精霊に聞けば、間違う事はないわね」

「フラン先輩、とりあえず拘束しました」

「じゃあ次に行くわよ。無理に生かす必要はないわ。難しい事はイルマ殿や姫様に任せればいい」

三人のテロリストを簡単に拘束したアネモネに対し、フランは王都で暴れるテロリストへの対応を確認した。リリィが笑う。

「フランさん、難しい事考えるの苦手ですもんね」

「苦手じゃない！　嫌いなだけだ！」

「先輩、それ同じですよ」

「うるさい！　次行くぞ！」

「ちょ、待ってくださいよぉー！」

顔を赤くしたフランが駆け出し、その後をアネモネとリリィが追いかける。


ホーディアとその部下が起こしたテロは、途中で駆けつけたタクミとカエデ、フラン達三人や精鋭の騎士団、衛兵達の活躍で、負傷者を出したものの、不幸中の幸いか、死者を出さずに終息した。

騎士団や有志の住民が、壊された家屋の瓦礫《がれき》を片付ける中、王都でいくつかアジトと思《おぼ》しき場所が発覚する。

もともと何ヶ所か特定されていたのだが、想定以上に数が多く、小心者なホーディアの性格を表していた。

◇

僕——タクミと合流したフランさん達三人は、復興を騎士団や衛兵に任せ、今後の事を話し合っていた。

「それでイルマ殿、あの豚は捕縛されたのですか？」

「それがやっぱり王都にはいなくて、脱出を許したみたいなんだ」

「クソッ！　あのエルフの恥晒《はじさら》しの豚が！」

フランさんはホーディアの事をもう豚としか呼ばなくなった。

今回、王都と他の街で暴れた、もしくは暴れようとした奴らは、おおかた捕縛か倒された。だけどその中にあのホーディアはいなかったんだ。

それにテロリストの中に、僕が先日トリアリア王国から救出して奴隷から解放した元騎士の男がいた事も、僕達の気持ちを重くした。

特に同じ境遇だったフランさん達三人は、複雑な心境みたいだ。

「とにかく、一度聖域に帰ろうか」

「そうですね。ユグル王国内の捜索《そうさく》は騎士団に任せましょう」

あとでシルフやミーミル様と色々相談が必要だろうけど、とりあえず一旦聖域に帰る事にした。

あのホーディアの事だから、財力に任せて高価な魔導具を使い身を隠して脱出したんだろう。シルフなら場所の特定も不可能ではないだろうけど、世界に干渉しすぎる事を嫌ってやらないかもな。

それにあのホーディアは必ずまた僕達に絡んでくると確信していた。

あれだけソフィアに執着していた男が、この程度で諦《あきら》めるはずがない。

僕がそう言うと、フランさんとアネモネさんも頷いた。

二人もホーディアの事をよく知っているようで、「粘着質《ねんちゃくしつ》で好色なホーディアは一度狙った女は諦めない」と断言した。

全員、体力的にはまだまだ平気だけど、ホーディアを逃した事もあり、精神的に疲れたため、国王や宰相《さいしょう》には挨拶せず、騎士団長に帰る旨を伝え、聖域へと転移した。

タイタンと囚われていた女性のエルフを思い出し、直ぐに戻って謝り倒したけどね。

10 豚はウェッジフォートへ

高価な魔導具をいくつも使用した馬車が走る。

魔導具により音を消し、気配を消し、その存在自体を隠匿し、さらに認識阻害までする念の入れようだ。

結界の魔導具を入れると五つもの魔導具が使われている。

伯爵だった自分が、たった一台の馬車で逃避行している現状に、腸《はらわた》が煮《に》えくり返るほどの怒りを覚えるホーディアだが、同時に無事ユグル王国から脱出出来た安堵も感じていた。

資金は問題ない。

高価なマジックバッグも、ホーディアくらいになれば、複数持っている。

ただ、タクミの作るマジックバッグと違い、容量も小さく、時間停止どころか時間経過を二分の一の速度に遅延させる性能があるだけで数も多くない。

そのマジックバッグに回収出来た財産を詰め込み、王都の混乱に乗じて何とか逃げ出せた。

目指すはウェッジフォート。

嘗《かつ》ては魔境が多数点在する不毛の大地だった未開地に突然現れた城塞都市《じょうさいとし》。

今ではユグル王国とバーキラ王国、そして聖域を繋ぐ重要な交易路で楔《くさび》の街。

当然、同盟三ヶ国の騎士団が駐留し、各王国の出先機関も設けられていた。

大陸中の商人や職人、冒険者が集まり、非常に活気に溢《あふ》れた街となっている。

ただ、それだけに裏の組織の人間も集まってきている。

バーキラ王国の領有する街ではあるが、三ヶ国の合同警備隊が巡回警備をしている。だが大きな組織ならいざ知らず、細かな組織まで手が回らないのも事実だった。

城壁近くの三階建ての建物に、人目を忍《しの》んで入っていく数人の怪《あや》しげな人影があった。

何処の街でもそうだが、中央に比べ城壁に近いほど土地は安くなる傾向がある。

未開地という魔物の脅威《きょうい》を他よりも感じやすい土地柄であれば、よりその傾向は強い。

ウェッジフォートは、タクミにより建てられた堅固な城壁に護られた鉄壁の城塞都市だが、そんな場所でさえ心理的な影響か、城壁近くは貧民層が集まるエリアになっていた。

そんな城壁近くの建物に逼塞《ひっそく》するしかない男が怨嗟《えんさ》の声を上げる。

「クソッ、この儂《わし》が、ホーディア伯爵様がこんな城壁近くの建物を拠点とせねばならんとは、この屈辱《くつじょく》をどうしてくれようか」

「旦那様、今は雌伏《しふく》の時でございます」

家宰《かさい》の男が前と同じようになだめた。

無事にユグル王国を脱出し、ウェッジフォートの街へと入る事が出来たホーディア達だが、富裕層の住むエリアで拠点を探すわけにもいかない。ホーディアの虚栄心を満たすためだけに、無駄遣《むだづか》いは出来なかった。

それでもホーディアがマジックバッグで持ち出した財産の額は少なくない。

その辺の男爵や子爵など比べものにならないくらいの大金を保有している。同じ伯爵家と比べてもその資産は膨大だった。それはホーディアが、それだけ後ろ暗い方法で稼《かせ》いでいた事の証明でもある。

今、ホーディア達がしないといけないのは、この金を減らす事なく、殖《ふ》やす手段を見つける事だ。

勿論、真っ当な商売などする気はなかった。普通に商人になったとしても大きな儲《もう》けは望めないのを理解するだけの頭はある。

「それに旦那様、ここは三ヶ国同盟以外にもトリアリア王国やサマンドール王国の情報まで手に入れる事が出来ます。加えて聖域と行き来する商人の中継地でもありますから、旦那様が望まれるあの女の情報も手に入れる事が出来るやもしれません」

「おお！　ソフィア！　ソフィアは儂のモノだ！　聖域の管理者か、精霊樹の守護者か知らんが、下賤《げせん》な人族になど勿体《もったい》ない！」

もう、泥舟《どろぶね》だろうが乗り続けるしかない家宰の男からソフィアの名が出ると、それだけでホーディアが顔を赤らめて興奮している。

この男、あれだけ失敗を繰り返しながら、いまだにソフィアを諦めていなかったようだ。

その執着心だけは人並み外れている。本当にエルフではなく、新種のオークではないのか、家宰の男ですらそんな考えが頭をよぎる。

「……ソフィアは手に入れるとして、先立つものが必要だな。金はいくらあっても足りないいくらいだからな」

「旦那様、まずは、トリアリア王国へ物資の密輸をしては如何《いかが》でしょう。トリアリア王国もこのところの敗戦から、黒い魔物の氾濫の被害と良いところがありません。戦争状態の三ヶ国とは交易は停止していますので、我らが物資の密輸をすれば、かなり儲かるのでは？」

「……ふむ、やれる事は全て行うか」

ホーディアは、少し考えゴーサインを出す。

勿論、三ヶ国の目を盗《ぬす》み密輸するのは簡単ではないが、ホーディアが持ち出したマジックバッグのいくつかを使えば可能だろう。

「とにかく、まずはあまり派手な犯罪には手を出すな。儂らが身を隠せるのは未開地にある街くらいだからな」

「承知しております」

「おお、そうだ。もし、トリアリアから麻薬を買えたなら大きな儲けが期待出来るな」

「……麻薬の取り締まりは厳しいと聞いていますので、難しいとは思いますが、出来そうか調査してみます」

「うむ、頼んだぞ」

家宰の男を含め、ホーディアの部下達が早速行動へ移る。

トリアリアへと向かう者。

ウェッジフォートの犯罪組織と渡りをつけようとする者。

聖域との交易を行っている商人を調べる者。

精霊に見つかるのを遅らせるため、それぞれが高価な魔導具を装備していた。

ウェッジフォートの片隅《かたすみ》で、ユグル王国一のクズが動き始める。

11　豚、目覚める

ユグル王国でのテロ騒ぎは、王都の建物に多少の被害が出て、怪我人も少し出たみたいだけど、幸い死人は出なかった。世界樹に被害もなく、大勢の犯罪組織の人間を捕縛する事が出来た。

その中に、トリアリア王国から救出した元騎士のエルフが交ざっていた事が残念だけど、仕方ないと思うようにしている。

僕にどれだけ力があったとしても、全てを救えるなんて思いあがってはいけない。

なら手の届く範囲の人達は幸せにしたいと思う。

フランさんやアネモネさん、リリィさんにはそのままユグル王国に戻る選択肢もあったんだけど、三人は聖域での暮らしを選んだ。

ただ、全てが上手くいったわけじゃない。

事の首謀者であるホーディアと少数の取り巻きが消えた。

とはいえ、テロを防がなくてはならなかったので、最初から王都を放ってホーディアを探す事は出来なかった。

シルフ辺りが本気になれば、ホーディアを捕らえる事も可能なんだろうけど、基本的に大精霊は直接的な力の行使はしない。

それは女神様が、直接地上世界に干渉しないのと同じで、大きすぎる力は人の歩みを壊してしまうからだと言う。

ただ、ホーディア達が高価な魔導具で精霊の目をも欺《あざむ》き、国を脱出した後、おそらくウェッジフォート方面へと向かったとだけ教えてくれた。

ウェッジフォートは、バーキラ王国やロマリア王国へ行くための中継地。

そのまま南下してサマンドール王国やトリアリア王国に向かうには、街道のない未開地を行く必要があるから、その可能性は低いと思う。

ウェッジフォートからサマンドールまでは、結構距離がある。僕達なら何でもないけれど、普通の人が行くのは自殺行為だ。冒険者も護衛なんて引き受けないだろう。

トリアリア王国に逃げ込むと、ユグル王国からの追手《おって》からは逃《のが》れられる。また、復興途中の旧シドニア神皇国なら、隠れ住む場所はいくらでもあるだろう。


今日僕は、ウェッジフォートの自分の屋敷に来ていた。

パペックさんの商会以外に卸《おろ》す聖域の物産の量の話し合いと、バーキラ王国、ロマリア王国に今年売る分の精霊樹の葉と樹液の量の交渉だ。

パペック商会には、いまだにポーション類をはじめとして、聖域で造られたお酒や農産物にエルフやドワーフが作った道具や工芸品を卸している。

でもパペック商会だけを優先していると、いずれこの市場の独占状態が良くない方向に働いてしまうかもしれないからね。

とは言っても、僕がボルトンで家を持てたのも、ソフィアやマリアと出会うきっかけをくれたのもパペックさんのお陰《かげ》だ。本人には言わないけど、その恩は僕にとって凄く大きい。

それはさておき、諸々の仕事も終わって、今日はウェッジフォートの街を散策する約束をしている。

「パパ、早く、早く！」

「分かったよ。じゃあ行こうか、エトワール」

僕の手を引っ張って、早く行こうとねだるのは、僕とソフィアの娘エトワールだ。

春香とフローラは、今日は来ていない。

前回、連れてきた時、ウェッジフォートの活気ある街並みが、二人にはお気に召さなかったようだ。

兎《うさぎ》の獣人族であるフローラは五感が優れているから、活気というのを通り越した賑やかさのウェッジフォートが、五月蝿《うるさ》くて嫌だったみたい。

春香は玩具《おもちゃ》や公園で遊ぶ方が好きだからね。

エトワールは、色々なモノに興味を持つ娘だから、様々な種族や職業の人で溢れるウェッジフォートの街を散策するのを楽しみにしてついてきた。

「手を離しちゃダメだよ」

「うん！　分かってるよ！」

僕はエトワールと手を繋いで歩き出す。

何処を見せてあげようかな。市場は楽しいから、まずはあそこからかな。

勿論、護衛はついている。

最強の護衛であるカエデが姿を見せずに張りついているし、身重《みおも》のソフィアの指示で、フランさん、アネモネさん、リリィさん達三人が左右と背後を護ってくれている。

結果的に子連れの人族の僕が、エルフの美女に囲まれて、もの凄く目立っちゃってるね。

◇

その日、隠れ住むアジトでの暮らしに飽きた儂——ホーディアは、ウェッジフォートの街に出た。

勿論、偽装の魔導具で美しいエルフの姿から、平凡な人族の姿へと変化させ、併せて精霊の耳目を誤魔化す高価な魔導具をつけて、だ。

仕方ないとはいえ、この儂が、下賤な人族の姿に化けるなど屈辱でしかないがな。

「旦那様、ここの市場は様々な国や聖域からの物産で溢れています。何か面白いものもあるかもしれませんよ」

「確かに、ユグル王国では見ないものが多いな」

癪《しゃく》に障るが、それは認めねばならんだろう。ユグル王国は、最近まで他国との交易も最低限しか行っていなかったからな。

儂があの愚王《ぐおう》に成り代われば、もっと国を発展させられたものを……

その時、儂の従者が緊張したような声を上げおった。

「だ、旦那様」

「ん？　なっ⁉　フオォォッ‼」

「旦那様！　お静かに」

従者が儂を引っ張って身を隠す。

儂らが目にしたのは、エルフの美女三人をはべらす人族の男。

エルフの美女三人はまだいい。美女ではあるが、ソフィアには及ばない。

問題は人族の男が連れているエルフの幼女だ。

儂は雷に打たれたようになった。

あの子を我が手にしたい。

従者が必死で引き止めていなかったら、儂はあの人族の元に駆け寄り、あのエルフの幼女の買い取りを交渉していただろう。

あの人族も、金さえ積めば嫌とは言わんだろうしな。

だが、姿を偽装しているとはいえ、流石にこの場でそんな事をすれば悪目立ちする。

なに、あれだけ目立つ存在だ。

直ぐに居場所は分かるだろう。

従者にしがみつかれながら、儂の天使が歩き去るのをいつまでも見ていた。

ウェッジフォートも悪くないな。

12　子供達との一日

今日は珍しく、一日これといった仕事がないので、子供達と一緒に遊ぼうと決めた。

普段から文字通り世界を飛び回っている僕は、なかなか子供達と長い時間遊んであげられないからね。

「今日は何して遊ぶ？」

「パパと遊べるの？」

「本当？」

「やったー！」

朝ごはんを食べ終えた僕が、子供達に聞いてみると、エトワールは喜びつつも本当に遊んでもらえるのか疑ってるね。

でも天真爛漫《てんしんらんまん》なフローラと春香は、直ぐに喜んでいる。

活発で少しいたずらっ子なフローラと素直な春香と違い、大人しめのエトワールは控えめだな。

「じゃあさ、じゃあさ、鬼ごっこしようよ！」

「えー、チャンバラがいいー！」

「私は魔法を教えてほしいかな」

「「ええーー!!」」

エトワールの意見に、フローラと春香からブーイングが起こる。

春香は魔法は嫌いじゃないが、魔法を教えてもらうのは春香にとっては勉強で遊びじゃない。フローラはこの歳にして魔法は苦手と割り切っていた。獣人族にしては魔力が多いフローラは、頑張ればそれなりに使えるようになれそうなんだけどな。

「見事にバラバラだね。さて、困ったな」

「パパのお休みはいつまで？」

僕が考え込んでいると、エトワールが聞いてきた。

「ん？　今のところ決まってないかな。二日、三日は休もうかと思ってるけどね」

「じゃあね、私達の好きな遊びを一日ずつやってほしいかな」

誰がエトワールにこんな上目遣いを教えたんだ。こんなのダメって言えないじゃないか。

「わ、分かったよ。じゃ、じゃあ、誰がいつ遊ぶのか順番を決めてごらん」

「やった！」

「わーい！」

「ありがとう、パパ」

春香とフローラが飛び上がって喜び、エトワールは僕にギュッと抱きついてお礼を言った。

本当に誰だ、エトワールにこんな仕草を教えているのは……犯人を見つけないとな。

天気の良い日の昼下がり、空気を切り裂く音が聞こえる。

「よっ、ほっ、ほら、そこっ」

「えいっ！　やぁ！」

屋敷の庭で僕はフローラとチャンバラをしていた。

危なくないように、わざわざ発泡ウレタンのような感触の剣を作り出し、さらにフローラ用に兜《かぶと》と胸当、籠手《こて》にグリーブも造った。勿論、子供がつけても大丈夫なように軽くしてある。

剣で叩かれても痛くないはずなんだけど、その辺は僕が気を付けないとな。

まだ子供達には本格的なパワーレベリングなんてさせていない。子供のうちは遊びと勉強を一生懸命やればいいと思っている。

それでも怪我のないよう、一応防具にはいくつかエンチャントをかけてある。

チャンバラ装備を造るのに、色々と手伝ってくれたレーヴァも、やりすぎだとちょっと呆れていたけどね。

まあ、僕の親バカは置いといて、フローラの動きが良すぎるな……

スポーツチャンバラの剣擬《もど》きを振るフローラの型が決まりすぎている気がする。

今はフローラの相手をしているけど、春香やエトワールも幼児のチャンバラごっこのレベルじゃない。

なんて思ったが、それはきっと、このチャンバラを庭に置かれたテーブルセットでお茶を飲みながら見ている三人の仕業なんだろうなぁ。

優雅にお喋りしながら子供達と僕が遊んでいるのを見ているのは、勿論僕の奥さんであるソフィア、マリア、マーニだ。

きっとソフィアが基本から教えているんだろう。

これ、間違いなくユグル王国の騎士団が使う剣術に、色々な工夫が加えられたソフィアの剣だもの。

そう考えながら、フローラの剣を丁寧に捌《さば》いてあげる。

回避ばかりするとフローラの剣筋が乱れるからね。

僕が剣の捌き方や足運び、重心の移動方法などを身をもって見せてあげる。

武術において、基本の形は凄く大事だ。それは、どんな武術にも共通して言える。だから、僕は丁寧に歩法や呼吸法を繰り返し教える。

フローラが終われば、春香と交代し、その後はエトワールの相手をする。そして休憩して元気になったフローラへと戻る。

お昼ご飯を食べて再開し、三時のおやつの後も付き合うハメになり、流石の僕も疲れてきた頃、やっと子供達も満足してくれた。

いや、これ遊びじゃなくて稽古《けいこ》だよな。

フローラが楽しそうだったからいいけど、まだ春香とエトワールの分が残っている。

明日は一日鬼ごっこになるのかな。

鬼ごっこは加減が難しい。

僕と子供達じゃ勝負にならないから、絶妙に力を抜いて遊ばないと、子供達が楽しめない。

その次の日の魔法を教えるというのは、もう遊びじゃないな。

今もエトワールは、ソフィアから魔法を習っている。ソフィアの子供だけあって、魔法の才能はあるらしい。

同じくエトワールに魔法を教えている祖父母のダンテさんとフリージアさんが、常々エトワールは天才だと褒めちぎっているからね。

それに子供達の魔法の先生は聖域にいっぱいいる。

お隣のミーミル様やルーミア様も時々見てくれているらしい。

エルフの国の王女と王妃から魔法を教わるって凄い事だよな。

結局、遊びらしい遊びは鬼ごっこくらいか……あとは鍛錬《たんれん》みたいになっちゃったけど、子供達が喜んでいたので、これでいいんだろう。

13　三輪車？

聖域は子供達が遊べる公園や広いスペース、豊かな自然に溢れている。

遊具や玩具もドワーフやエルフの職人が独自に作っているので、王都で暮らすよりも遊びの選択肢は多い。

サッカーグラウンドもあるしね。

施設関係は、この世界のどんな街よりも充実していると自負している。

いや、関係ない前置きが長かったね。

要するに、子供達に新しい玩具？　になるのかな。それを作ろうと思う。

子供達に遊んであげると言うと、何故か修業になっちゃったからね。

普通に遊べるものを作りたい。

そこで僕は自分の子供の頃を思い出してみる。

前世を日本で過ごした僕にとって、テレビゲームはある程度大きくなってからのものだったし、携帯ゲームなんて大人になってからだ。

トランプやリバーシなんかのボードゲームはここでも既に一通り作ってあるし、コマや竹馬もあるな。今は倉庫で眠っているけど。

「そういえば、何処に行くにも自転車だったなぁ」

小学生の頃は、前後のライトがデコトラみたいに点滅するスポーツタイプの自転車が欲しかったな。

当然、安くなかったので買ってもらえなかったけどね。

僕を含めて周りの友達も皆んな、いわゆるママチャリと呼ばれるヤツだった。

そこで僕は、エトワール達に子供用自転車をプレゼントしようと思う。

聖域は整備されているとはいえ、まだ舗装《ほそう》されていない道の方が多いが、いち早く自転車を導入したので、サイクリングロードがある。

でも子供は決まった道を走るだけじゃ飽きるだろう。だからプレゼントはマウンテンバイクにしよう。

三人の年齢的には三輪車なんだが……親バカになっちゃうけど、身体能力の高いフローラは勿論、春香やエトワールだって運動神経は悪くない。

むしろ、聖域の自然の中でのびのびと暮らしているからか、親の欲目を除いても幼児とは思えない身体能力だ。

それは子供達との遊び？　でもはっきりとしている。

もう少し大きくなれば、ソフィア辺りが魔境に連れていきそうで怖い。きっと僕がまだ早いって言ってもダメなんだろうな。そんな気がする。

というわけで、三人なら子供用のマウンテンバイクを与えても乗りこなすだろう。

ただ、この世界の技術で自転車を作るのは結構ハードルが高い。

まあ、聖域に住むドワーフの職人はウラノスやオケアノスを造る時に手伝っている。ゴランさんやドガンボさんならチェーンも作れるだろう。

一番難しいのは、ベアリングだと思う。

僕とレーヴァは、魔法でボールベアリングを製作するけど、ドワーフでも魔法オンリーで鍛冶《かじ》をする人は少ないからね。

以前、メイド達用にママチャリを造った時も、ベアリングやチェーンは、僕かレーヴァが作った方が早かった。

工作機械の発達していないこの世界で、ミクロン単位で誤差のないボールベアリングを作るのは、魔法でものを造るのに慣れた僕達じゃないと難しいだろう。


その後、フレームやリムにハブ、クランクなどの主な部品はカーボンと魔物素材、熱帯トレントから抽出《ちゅうしゅつ》した樹液で、ロードバイクに使われる高級素材カーボンフレームみたいなものを造った。

本物のカーボンフレームは、硬くて軽く耐衝撃に優れているが、靭性《じんせい》に問題がある。

しかし熱帯トレントの樹液を使う事で、日本で売っていた高級ロードバイクのカーボンフレームとは段違いの性能になっている。

しかも、そこに僕がエンチャントをかけて強化してあるんだから、少々の事では壊れない。

最初に自転車を作った時はミスリル合金を使ったんだけど、子供達の自転車に流石にそれはやめようと踏み止まった。

レーヴァはいまだにミスリル合金製の自転車に乗ってるけどね。

僕？　僕の移動は聖域内でも基本的に転移だ。聖域は結構広いから。

ブレーキやギア、クランクにスポーク、そしてチェーンと、一筋縄《ひとすじなわ》ではいかない部品を一つ一つ手作りで仕上げていく。

まあ、手作りとは言っても、錬金術《れんきんじゅつ》を使うから手作りと言えるかは分からない。

この辺りは何度も作ったものなので、作るスピードも速い。

前と同じようにタイヤにはゴムを使っていない。

実は、その気になれば、ゴムを使う事も可能だ。

魔大陸で魔物化したゴムの木を見つけてあるし、その樹液を使った製品の開発も聖域で進んでいる。

でも今回僕は、ゴムの代わりに、ランドドラゴンのお腹の皮を使った。

このランドドラゴンは、四本脚で這《は》いずり動く地竜の一種で、地面にお腹を擦《こす》って移動するせいで、お腹の皮が柔軟《じゅうなん》でいて丈夫なんだ。

色は濃いめのグレーだから、タイヤにした時少し違和感があったけど、タイヤイコール黒って思うのは僕だけだからね。

子供サイズで作るのが勿体ないくらいの素材を使っているが、新しく生まれる子供達にお下がりとして受け継がれるだろうし、いいよね。


三台のマウンテンバイクは、それぞれ違う色でカラーリングした。

ブルーを基調にしたマウンテンバイクがエトワールのもの。

鮮やかな赤色のマウンテンバイクが春香。

元気なフローラにぴったりの黄色いマウンテンバイク。

勿論、三人とも凄く喜んでくれた。

補助輪の問題は、議論にものぼらない。

だって、三人ともあっという間に補助輪なしの自転車をスイスイ乗りこなしているんだから。

14　エトワールの姿絵

僕はその朝、ウェッジフォートと聖域を行き来して交易している人から、とんでもないものを手渡された。

「こ、これは……」

慌てて家に帰ると、ソフィア達にそれを見せる。

「よく描けている」

「ほんと。可愛く描いてくれてますね」

「はい。とても表情豊かです」

僕が呆然とする中、ソフィア、マリア、マーニは大きくなり始めたお腹を撫《な》でながら、リビングのテーブルに置かれた数枚の絵を見て微笑んでいる。

僕が手渡されたその絵は版画らしく、多色刷りで色鮮やかだ。

ただ、描かれている人物が問題だ。

その絵の中では、エトワール、春香、フローラが微笑んでいる。

確かに、どの絵も良く描かれている。

三人の愛らしさに僕も、思わず他のバリエーションがないのか聞きそうになったくらいだ。

それぞれの個性もちゃんと表現されている。

「た、確かに、凄く良く描けてるけど……」

するとそこに、来客が。

というか、勝手に入ってきたのはお義父《とう》さんのダンテさんとお義母《かあ》さんのフリージアさんだ。

「ソフィア！　こんなものを持ってきたぞ！」

「見て見て！　エトワールがこんなに可愛いの！」

二人は手に何枚かの紙を持っている。

「ダンテさん、フリージアさん、それは何処で？」

「あら、タクミ君、こんにちは」

「はい、フリージアさん、こんにちは。って、そうじゃなくてっ！」

そこにメイドのマーベルに案内され、ルーミア様とミーミル様も入ってきた。

「えっ、お二人お揃いでどうされました？」

「ふふっ、タクミ君、ご機嫌よう」

「タクミ様、お邪魔いたします」

お隣のミーミル様が家を訪ねてくるのは珍しくないし、ルーミア様も頻繁《ひんぱん》に聖域を訪れているので、お二人が一緒に来ても不思議じゃない。でもこのタイミングで四人も……

僕が困惑していると、ルーミア様が口を開く。

「ふふっ、そのエトワールちゃん、春香ちゃん、フローラちゃんの絵姿は、私が絵師に描かせたのよ」

「ええっ！」

「タクミ様、ユグル王国の王宮絵師にお願いしましたの」

ルーミア様とミーミル様が笑顔で教えてくれたのはいいが、反応に困る。

絵の出来が良いのは分かるし、エトワール達の可愛い絵が飾れるから嬉しい。

だけど、これがウェッジフォートで出回っているのはどうだろう。

僕がそう思っていると、ルーミア様の侍女《じじょ》が数人で何かを運んできた。

「タクミ君、原画を持ってきたの。お気に入りのを一枚ずつ私がもらうから、それ以外のをタクミ君にプレゼントするわね」

「あ、ありがとうございます」

版画だったから原画もあるんだろうし、くれるなら欲しいに決まっているけど……

そこに子供達がやって来た。

「あー！　私だぁ！」

「春香のもあるよ！」

「わーい！　フローラの絵だ！」

三人とも大喜びしている。

だけど僕は聞かないといけない。

「ルーミア様、この版画をウェッジフォートの商人から手に入れたんです。もしかして、たくさん出回っているんですか？」

「あら、そうだったの？」

「タクミ様、それはおそらく試し刷りが出回ったのだと思います。ウェッジフォートの工房にお願いしましたから」

ルーミア様は首を傾げるだけだったが、ミーミル様が理由を教えてくれた。

ユグル王国の王宮絵師が描いた何枚もの絵を、ウェッジフォートの工房で版画にしたそうだ。

そのウェッジフォートの工房は、エルフの職人が営んでいるらしい。

本当に絵師といい版画師といい、長寿種族の技術は凄い。

その試し刷りをたまたま商人が手に入れ、僕に知らせてくれたのだろうとミーミル様は言う。

「いや、ちょっと待ってください。もしかして売るつもりですか？」

「違うのよ。ユグル王国でもエトワールちゃんだけじゃなくて、春香ちゃんやフローラちゃんが凄く人気なの。でも三人に会えるのは聖域に来られる極少数でしょう。陛下もエトワールちゃんに会いたがるから、それならってね」

「イヤイヤ、国王陛下がどうしてエトワールを？」

「何を今さら、今三人はユグル王国では大人気なのよ。特にエトワールちゃんはエルフのアイドルなんだから」

そんな話は聞いていていない。

聞くところによると、僕の娘三人は「大精霊の愛《いと》し子《ご》」と呼ばれているそうだ。

あながち間違ってはいないが……

ルーミア様のように頻繁に聖域に来られないフォルセルティ王が、それならばと絵師を派遣したのが事の始まりだったらしい。

それにルーミア様も便乗し、複製である版画を刷り、欲しがる人に贈ろうとなったみたいだ。

「はぁ、まぁ、気にしているのは僕だけみたいですね。もういいです」

「大丈夫よ。有名人や偉人の姿絵が出回るのは良くある事だもの」

「……」

エトワール達を有名人や偉人と一緒にしないでほしいけど、確かにそう目くじら立てる事でもないか。

15　拗《こじ》らせる豚

エトワール、春香、フローラの愛らしい姿絵が版画となり、それはユグル王国や周辺で人気を呼ぶ事になった。そのせいでタクミが心配していた事がある意味的中する。

ウェッジフォートのとある建物。

念入りに魔導具で隠匿されたその場所に、ユグル王国から逃れてきたホーディアとその部下達が潜んでいた。

そこで手に紙を持ち、プルプルと震える肥《こ》えた男がいた。

説明する必要もなく、エルフという種族とは思えないその容姿はホーディアだ。

そして彼が手に持つのは……

「天使じゃ……天使が降臨されておる……」

部下がウェッジフォートの街で入手してきた幼女の姿絵を手にしてから、ずっとこの調子である。

勿論、その幼女とはタクミとソフィアの長女、エトワールの事だ。

ウェッジフォートやユグル王国の王都、バーキラ王国のボルトン辺境伯領では、エトワール、春香、フローラの三人の娘はもともと大人気だった。

精霊樹の守護者で聖域の管理者であるタクミの娘達は、聖域を行き来する商人や職人、騎士達のアイドルになっていた。

タクミが姿絵の事を押し切られたお陰《かげ》で、今やボルトンやウェッジフォートで、三人の姿絵はアイドルのブロマイドと化している。

聖域の中では娘達に危険はないので、タクミは押し切られる形で認めたが、それは間違いだったかもしれない。

「ソフィアとよく似ておる。たまらんのぅ」

人族の春香や獣人族のフローラもウェッジフォートやボルトンでは人気なのだが、この男はエルフ以外は人とは認めていない。

「それで他の絵柄はないのか？」

「そ、それが、既に売り切れたようで……」

本当に穴が空くんじゃないかと思うほどエトワールの姿絵を見ていたホーディアに、部下が返した答えは無情だった。

もともと優れた絵師の描く原画から、優れた技術を持つ職人が刷り上げた版画は、この世界基準で考えて安くはない。

さらに刷る部数と需要に隔《へだ》たりがあるので、既にプレミア価格がつく始末だ。

ユグル王国の王族やバーキラ王国の有力貴族まで欲しがったお陰で、一般の人々には手に入れにくくなってしまっていた。

「何としても手に入れてこい！　版元には増刷を求めるのを忘れるな！　次回作の情報も聞いてまいれ！」

「は、はい！」

隠れ家を飛び出していくホーディアの部下。

この男、自分達は追われる身で、ウェッジフォートの片隅で隠れ住んでいる事を忘れたのだろうか？　今のホーディアの興味の全ては、エトワールへと向いていた。

何処からどう見ても逮捕案件だ。

エルフらしからぬ歳のとり方をして太った醜《みにく》い豚が、ヨダレを垂らさんばかりに見つめるのが、幼女の姿絵なのだから。

日本なら、それを目撃した十人が十人、警察に通報しただろう。

ホーディアにとって幸いにも、この世界にその手の趣向を取り締まる法律はない。勿論、手を出してしまえば流石にアウトなのは、この世界でも変わらないが。

それでも、常識的に忌避《きひ》されるので、一般人や道徳的な貴族に、そのような人間はほぼいないのだが、ほぼいない、という事は少数は存在している。

奴隷狩りで幼い子供が誘拐されるのは、そういった嗜好《しこう》の金持ちが一定数存在する事を証明していた。

それでもこれまでホーディアは、成人した女性にしか興味を示さなかった。

しかし、そのホーディアのストライクゾーンが、先日ウェッジフォートの街中でエトワールの姿を見た瞬間、大きく広がった。

それもグンと下の方へと。

「グッフッフッ、ソフィアとエトワール、母娘二人とも儂のモノにしてやる」

何処までもバカな豚である。

「そうだ！　またウェッジフォートに遊びに来るかもしれんな。街に手下を配置しておかねば！」

そうと決まれば手下が足りない。

ホーディアは慌てて立ち上がると、人手を増やしてウェッジフォート内を監視するよう家宰に命令するために部屋を出る。

その手にエトワールの姿絵を持ちながら。

16　血迷う豚

ウェッジフォートと聖域を行き来する商会の数は少ないが存在する。

僕――タクミとは長い付き合いになるパペック商会も当然その内の一つだ。

パペック商会は、ウェッジフォートにも支店を構え、ウェッジフォートからバロル、そして聖域という経路を往復している。

交易品の売買だけじゃなく、手紙や新聞の配達なども請け負《お》っている。


そして今日、聖域の僕の屋敷に差出人不明の手紙が届いた。

パペック商会の人も、何処で紛《まぎ》れ込んだのか分からないと言う。

僕達は、気軽に通信の魔導具を使っているから忘れそうになるけど、この世界の通信手段は、一部を除いて手紙が主流だ。

商会の交易ルートなら商会に依頼し、それ以外の場所への配達は冒険者ギルドが請け負う。

基本的に僕のところに来る手紙の類《たぐい》は、バーキラ王国、ロマリア王国、ユグル王国の同盟三ケ国か商会からになる。

聖域に入るのは冒険者にとってハードルが高いからね。

知り合いの冒険者もいるけど、冒険者パーティー全員が信用出来る人っていうのは稀《まれ》なんだ。

まあ、冒険者でもよほど酷《ひど》い人間じゃなければ、出島区画までは入れるから、手紙を届ける仕事もないわけじゃない。

ただ、差出人不明の手紙を受け取るのは初めてだ。

しかも宛名《あてな》が僕ではなくエトワールなのは予想外どころの話じゃない。

「どうしようか？」

流石にエトワールに直接渡すのもアレなので、ソフィア、マリア、マーニ、アカネ、レーヴァ、ルルちゃんの、いつものメンバーで相談タイムだ。

「パペック商会の者は何と？」

「ウェッジフォートで、付き合いのある商人から預かったらしいんだけど、どうやらそれも誰かを経由しているみたいだね」

僕の答えを聞いたソフィアの顔は硬い。

それはそうだ。エトワールはまだ幼女と言っていい年齢で、普通なら文字の読み書きも出来ない。

まぁ、うちの娘達は全員、読み書き出来るけどね。

アカネが言う。

「ねえ、とりあえず中身を確認したら？」

「でもエトワール宛てだよ」

「小さい子供なら、親が責任を持ってチェックするべきものをチェックした方がいいのよ」

子供とはいえプライバシーは尊重するべきだと思ったんだけど……

皆んなの顔を見ると、全員がアカネの意見に賛成なのか、頷いている。

「分かったよ。じゃあ確認するね」

皆んなの圧力に負けて手紙の封を切る。

僕が手紙を封筒から取り出して開くと、アカネが僕の背後に回り込んで覗《のぞ》いてきた。

「……なっ⁉」

手紙の内容を見て思わず声を上げてしまった。

「ほらね。ろくなものじゃない」

ここにダンテさんやフリージアさんがいなくてよかったよ。こんな手紙を見られたら、ダンテさんがどんな行動に出るのか分かったものじゃない。彼は、酷いジジ馬鹿だからね。

僕はソフィアやマリア、マーニ達にも手紙を見せる。

「万死《ばんし》に値《あたい》しますね」

「気持ち悪いですよ、コイツ」

「……これ、本気なのでしょうか？」

静かに怒るソフィア、マリアは嫌悪感《けんおかん》をあらわにして、マーニは手紙の内容が信じられない様子だ。

「う～っ、気持ち悪いニャ～」

ルルちゃんは毛を逆立てて全身を震わせている。

皆んなの反応はとても正しいと思う。

僕を含めて全員がこの手紙を見て同じような気持ちになった。

「ロリでペドのクソ野郎ね。探し出して始末した方がいいわよ」

「今回ばかりは僕もアカネに賛成だよ」

アカネが言ったように手紙の内容は、エトワールに対する熱烈なラブレター？　いや、違うな。

プロポーズ？　いや、己の欲望を書き殴《なぐ》った気持ちの悪い何かだった。

まだ五歳にもなっていないエトワールを舐《な》め回したいとか、他にも口に出すのもおぞましい文章が便箋《びんせん》いっぱいにびっしりと書かれてある。

エトワールも聖域にいる分には安全だけど、それでもあの娘を知っていて、こんな邪《よこしま》な想いを持つ変態が近くにいるかもしれないって、親として看過《かんか》出来ないよね。

「微塵《みじん》切りにするべきですね」

「灰も残さず燃やすべきです」

「地中深くに埋《う》めてしまえばいいです」

ソフィア、マリア、マーニの母親三人は揃って過激な事を言っている。

彼女達は、三人の娘を分け隔てなく自分の子供として接している。それだけにソフィアだけでなくマリアとマーニも気持ちは同じなんだろう。

「どちらにしても放置するわけにはいかないわよ」

「ああ、相手が相手だからね」

アカネの言葉に、僕は頷いた。

手紙一つで大袈裟《おおげさ》だと思う人もいるかもしれないけど、僕達には放置するなんて選択肢は到底なかった。

「本当、頭の中を覗いてみたいよ。何を考えてるんだ」

「はい。私も戸惑っています」

僕とソフィアに少なくない戸惑いがあるのは、その手紙の差出人が知っている人物だからだ。

「どういうつもりなんだよ。ホーディア」

そう。この手紙の差出人は、ユグル王国のテロ騒ぎに乗じて逃げ出していたホーディアだった。

いや、ソフィアに懸想《けそう》していたんじゃなかったのか?

どうして堂々と名前を書いているんだよ。追われる身だろ。

怒りと困惑と気持ち悪さと、色々な感情でごっちゃになりそうだ。

17　ドン引き

エトワールへの手紙の件は、結局ダンテさんやフリージアさんにもバレた。

当然、激怒したダンテさんとフリージアさんだが、元騎士爵だったダンテさんは、はるかに格上の伯爵だったホーディアからだと知って、怒りと困惑で複雑みたいだ。

そしてまずい事に、ミーミル様やルーミア様にも知られてしまった。

というか、アカネが話したんだけど、お願いだから子供達には内緒にしてほしい。

ルーミア様とミーミル様は、ユグル王国の王妃と王女だ。

エトワール達の事を普段から孫や妹のように可愛がっている分、怒りが大きいようで、直ぐにユグル王国に連絡していたよ。

怒っているのはミーミル様とルーミア様だけじゃない。

うちの文官シャルロットの母親で、バーキラ王国の貴族のはずなのに、何故か聖域で暮らしているエリザベス様、バーキラ王国宰相のサイモン様の奥さんで、こちらも何故か旦那さんと離れて聖域で暮らすロザリー夫人も激怒している。

他にも今は聖域の騎士団で働いているヒースさん、ライルさん、ボガさん達元冒険者パーティー『獅子《しし》の牙《きば》』のメンバー。

元バーキラ王国騎士団長で現聖域騎士団長ガラハットさんと奥さんのコーネリアさんも、エトワール達を孫のように思ってくれているみたいで、僕が止めないと全騎士団員を動員しそうだった。

こうしてみると、僕の娘達は聖域の皆んなに可愛がられているんだと改めて思う。

「では、ここは客観的かつ冷静になれる私が議長を務めさせていただきます」

そして何故か僕の家で、対策会議が始まった。

音頭《おんど》をとるのはユグル王国の王妃ルーミア様。

ダンテさんやフリージアさんは実の祖父母なので、頭に血が上って冷静になれないだろうから、自分が議長役を務めると言う。

まぁ、王妃様がそう言えば、ダメだとは言えないだろうけど……

「では儂から報告させてもらおうかの。ホーディアの豚野郎はウェッジフォートに潜伏している確率が高いと思われる。聖域に近いバロルという線も捨てきれんが、バロルは同盟三ヶ国の駐屯地《ちゅうとんち》という意味合いが強い街、潜伏するには向かんからのう」

「なるほど……」

最初に発言したのはガラハットさん。いや、騎士団長が何してるの？

そしてガラハットさんからの情報をノートに書き留めているのはミーミル様だ。書記なんだとか。

「ガラハット殿、サイモンに言ってウェッジフォートを虱潰《しらみつぶ》しに捜索出来ないの？」

「そうね。ギルに言って近衛騎士団を動員出来ないかしら」

ロザリー夫人とコーネリアさんが言った。

ギルとはガラハットさんとコーネリアさんの息子で、ガラハットさんの跡《あと》を継ぎ、バーキラ王国の近衛騎士団の団長を務めているギルフォードさんだ。

イヤイヤ、一国の宰相や近衛騎士団長になんて頼めないよ。ましてや近衛騎士団を動員するなんて無理だ。近衛騎士団は、バーキラ王のための騎士団なんだよ？

「聖域騎士団を動かせればいいのだがな」

「陛下に頼んで、ウェッジフォートでの活動許可をもらえないかしら」

ガラハットさんが腕を組み悔しそうにしていると、エリザベス様がバーキラ王に許可を取れないか頼めばと無茶を言い出した。

ウェッジフォートは、僕達が基礎を造った街だけど、バーキラ王国の飛び地なのは変わらない。

バーキラ王国の領土だし、ボルトン辺境伯が管理する街だ。聖域を国と捉えるか微妙なところだが、他所《よそ》の騎士団に逮捕権は与えないだろう。

「団長、俺達少数でウェッジフォートの街を捜索しましょうか？」

「そうだぜ。元冒険者の俺達なら、装備さえ昔のに戻せばバレないいんじゃないか？」

「いや、無理ですって」

ヒースさんとライルさんの提案に、僕は思わず突っ込んでしまった。

『獅子の牙』はバーキラ王国でトップクラスの冒険者パーティーだったんだよ。有名人なんだから目立たないわけがないじゃないか。

「ホーディアは特殊な魔導具を使い、精霊の目も誤魔化しているらしいですな？」

「ええ、我が国の王都でのテロに紛れて逃亡を許したのもそれが原因です」

「現状、聖域の出島区画の警備を増員して警戒するしかありませんか……」

ガラハットさんが、ホーディアの精霊への対策について確認すると、ルーミア様は悔しそうに頷いた。

僕もガラハットさんが言うように、出島区画の警備を厳重にするだけでいいと思うけどね。

ただ、ここに集まった人達の熱量に、僕の口からはそう言い出せなかったよ。

18　僕は蚊帳《かや》の外

僕の意見はどうせ受け入れられないので、会議は皆んなに任せて子供達と遊ぼうかな。

「エトワール、春香、フローラ、一緒に遊ぶ？」

「ほんと？」

「わーい！」

「なにして遊ぶぅ！」

娘達を遊びに誘うと喜んで集まってくる。

僕の足にしがみつく三人を抱き上げる。

「ヨイショ！」

三人を抱き上げるのは大変だけど、まだ大丈夫だな。

もう少し大きくなったら無理そうだ。

いや、僕のレベル的には、巨大なゴーレムでも持ち上げられるけど、子供を抱き上げるのとは違うからね。

さあ、今日は子供達とめいっぱい遊ぼう。

◆

子供達と遊ぶタクミを他所に、ユグル王国王女ミーミルと王妃ルーミア、バーキラ王国宰相夫人ロザリーと元騎士団長夫人コーネリアが中心になって、ホーディア捕縛へと動き出そうとしていた。

「ウェッジフォートとバロルの街を中心に探索するのは決定として、その人員をどうするかですね」

「我が国の騎士団を動かせればいいいわ」

ミーミルが探索の人員の話をすると、ルーミアが言った。

確かにホーディアはユグル王国から指名手配を受けているので、間違ってはいない。

ホーディアは王都でテロを企てた犯罪者だ。

それもタクミ達や騎士団のお陰で未遂《みすい》に終わったが、あろう事か、エルフにとって大切な世界樹を燃やそうとした大罪人なのだ。

実際、今でもユグル王国内での探索は行っている。

そこにホーディアは、ある程度居場所の特定が可能な、手紙を送るという暴挙に出た。

手紙はユグル王国内からではないと断定出来た。

「バロルに駐屯する騎士団をウェッジフォートへ動かしたいところだけど、流石にバーキラ王国の騎士団を動かすのは難しいわね」

「ええ、捜査協力くらいは可能でしょうが、ユグル王国が追う元貴族の犯罪者の捜査は内政干渉になりかねませんものね」

ロザリーとコーネリアはどうしたものかと考え込む。

三ヶ国同盟の国の間には、同盟国の犯罪者が国外に逃亡した場合の取り扱いに関しての条約がまだ存在しない。

これほど強固な三ヶ国同盟は、この大陸でも初めての事なので、まだまだ手探りだった。

慣例で言えば、ホーディアを逮捕するのも裁くのもユグル王国の権利だ。そこにバーキラ王国やロマリア王国は介入しない。

「出来る事と言えば、ウェッジフォートとバロルの街の警備巡回を増やすくらいかしら」

「そうね」

バロルは三ヶ国共同で警備巡回しているが、ウェッジフォートはバーキラ王国の領土だ。ボルトン辺境伯領と言ってもいい。

実際にはバーキラ王国騎士団とボルトン辺境伯の騎士団が合同で治安の維持に携わっている。宰相夫人と元騎士団長夫人が言えば、警備を厳重にする事は可能だった。

「ウェッジフォートにユグル王国の騎士団を派遣するのは可能でしょうか？」

ミーミルが尋ねると、ロザリーが請け負う。

「旦那と陛下に連絡してみましょう。これからも力を合わせる機会はあるでしょうし、そういう事を想定しておくべきでしょう」

今後も国外の犯罪者がウェッジフォートに潜伏する可能性はある。

そもそもウェッジフォートにも、ユグル王国の騎士団の駐屯所はある。聖域、バロル、ウェッジフォート間の街道や、周辺の未開地の安全確保のため巡回しているからだ。

ウェッジフォートは、良くも悪くも未開地開発の拠点、三ヶ国貿易の中継地。同盟国に限らず様々な人間が訪れる。

これからもこういった問題は起こり得るので、この機会に色々と決めておくのがいいだろうとロザリーとコーネリアは思った。

「ボルトン辺境伯にも話をしておいた方がいいですね」

「ええ、現在はボルトン辺境伯領の騎士団が警備の主力ですからね」

重要地故に国も関わっているが、もともとウェッジフォートは、ボルトン辺境伯からの依頼でタクミが建設した街だ。その関係上、ボルトン辺境伯領の騎士団の勢力が大きかった。

勿論、ユグル王国や聖域への中継地という重要拠点なので、国からも常駐の騎士団が派遣されているが、その人数は多くない。

王国騎士団を増員するとなれば、ボルトン辺境伯との縄張《なわば》りの話になるので、ロザリーの夫、サイモンの出番だろう。

「ユグル王国、バーキラ王国、ボルトン辺境伯の三者会談を開きましょう。血迷った豚を放置しておけません」

「「「ええ」」」

ルーミアがウェッジフォートでの会談開催を宣言し、ホーディアを放置出来ないと全員の意思が統一される。

ルーミアとミーミルは、ホーディアが国内で犯した罪を罰《ばっ》するためという理由もあるが、その重要度はエトワールへの手紙よりも低かった。

父親のタクミを蚊帳の外に、一通の手紙が国家間の問題にまで発展しつつあった。

19 カメラ

日々の仕事と娘達との時間、それと身重のソフィアやマリア、マーニ達のフォローと、僕は何事もなく日常を過ごしている。

有翼人族《ゆうよくじんぞく》のベールクトや人魚族であるフルーナの顔を見に行くのも忘れない。フルーナは同じ聖域の海側にいるけど、ベールクトは天空島《てんくうとう》にいるんだよね。

そんなある日、僕はアカネから写真を開発するよう言われた。

「どうして今さら写真？」

「姿絵を版画にするのもいいけど、そろそろ写真も欲しいと思わない？」

「いや、そう言われると否定出来ないんだけどね」

「そうでしょう！」

アカネのテンションが上がるが、そう簡単な事じゃない。

「モノクロ写真は多分《たぶん》問題なく作れると思うけど、カラーは簡単じゃないからなぁ」

「とりあえずモノクロ写真から始めて、カラーの開発でいいじゃない」

「うーん、考えてみるよ。僕も子供達の写真は欲しいからね」

「じゃ、お願いね」

アカネは相変わらずだなぁ。言いたい事言って出ていったよ。


さて、工房にやって来た。

実は僕の前世はアラフォーのサラリーマンだったけど、高校は少し特殊なところに通っていた。

その当時、日本の高校でその一クラスだけしかなかった写真工芸科という、写真全般を学ぶ場所に通っていたんだ。

お陰で普通のサラリーマンになってから、苦労したんだけどね。

だからモノクロ写真やカラー写真も撮影は当然の事ながら、現像からプリントまで実習で経験がある。もっと言うと、カラーフィルムの仕組みも習った記憶がある。まあ、もうほとんど忘れてるけどね。

その経験から言うと、モノクロ写真を再現するのは、今の僕ならそう難しくない。

写真機はモノクロもカラーも共通なので、4×5《シノゴ》サイズの大判カメラを作ればいいだろう。

前板と後ろ板にピントグラス、レールと蛇腹《じゃばら》にレンズを何種類か作ればいいかな。シャッターを作るのが少し難しいか。

アカネが言うカメラが、35mmの一眼レフカメラを想像しているならクレームが来そうだな。頑張って一眼レフに挑戦するか？

「問題はフィルムなんだよな。モノクロなら感材を作るのもいけそうだけど、カラーは少し実験しないとダメかな」

モノクロはフィルムの感光膜にも印画紙にもハロゲン化銀があればいい。カラーフィルムも光に反応して銀が生成されるはず。

現像液や停止液、定着液なんかは、普段は市販のを買って作ってたけど、学校では薬剤を一つ一つ計量して作ってたからな。

「えーと、RGB三層の感応層でCMYに変換しないといけないから……」

僕がブツブツと独り言を言いながら、カラー写真の難しさに頭を痛めていると、いつの間にか工房に入ってきたレーヴァが不思議そうに聞いてきた。

「タクミ様、その難しそうな部分は魔法のイメージでどうにかならないのでありますか？」

「おっ、おおー！　レーヴァの言う通りだよ。この世界には魔法があるって分かってたはずなのに、ついうっかりしてたよ」

現像液なんかの薬品は錬金術で作る気だったのに……もっと魔法に頼れば楽に出来るはずじゃないか。

基本的な考え方は間違っていない。

とりあえずRGBをCMYに変換すればいい。

カプラーがどうとかは魔法が補ってくれるだろう。

必要なのは、錬金術で使用する素材だ。

流石に素材がなければ、いくらイメージがしっかりしていても術は発動しない。

あとフィルムからプリントするのも元の世界に合わせる必要はないか。

もっと言えばフィルムである必要もない。

既に聖域では、音楽を録音出来る魔導具がある。

音を記録するのも写真を記録するのもたいして変わらない。

「レーヴァ、良いアドバイスありがとう」

「いえ、面白そうなので、レーヴァにも手伝わせてほしいであります」

「レーヴァが手伝ってくれると助かるよ」


そこから僕とレーヴァは、一眼レフカメラとプリンターの開発に取りかかった。

一眼レフカメラには、フィルムではなく記録用の魔晶石《ましょうせき》を使用する。

残念ながらレンズは単焦点のレンズを数種類造るのが精一杯だった。時間さえあればズームレンズも可能だっただろうけど、何故かアカネが早く欲しがっているからね。

細かな部品は一つ一つ錬金術と土魔法、鍛冶魔法で作った。

大判の４×５カメラの場合はレンズシャッターだけど、一眼レフカメラにはフォーカルプレーンシャッターだろう。

フォーカルプレーンシャッターは、その素材にもよるけれど、レンズシャッターよりも圧倒的にシャッタースピードが速くなる。

構造はオーソドックスなペンタプリズムとミラーのある昔ながらの一眼レフ。

レンズマウントはスクリューマウントにしようか迷ったけど、面倒だけど一般的なものを何とか作った。

シャッターに非常に薄い金属を何枚も使っているから、歪《ゆが》みから来る故障がないよう、付与魔法で強化するのを忘れない。

昔、このシャッター幕が絡んで修理に出した時、凄く高かったのを思い出す。

レンズはシンプルなデザインにしたが、それでも工業機械のないこの世界でイメージだけで作り上げるためには、トライアンドエラーをうんざりするくらい繰り返す羽目になった。

本当はレンズにコーティングも必要なんだろうけど、そこまでは無理だと諦める。

プリンターは結局、決まったサイズしかプリントアウト出来ないものになったが、とにかくカメラとプリンターが完成した。

完成品を見せると、アカネはカメラとレンズをひったくるように持っていった。

アカネの奴、何だか企《たくら》んでそうで怪しいな。

20　ブロマイド

後日、アカネが僕にカメラを作るように言った理由が分かった。

エトワールや春香、フローラのプリントされた写真が何十枚もリビングのテーブルに置かれてあったのだ。

それをアカネやソフィア達だけじゃなく、祖父母のダンテさんやフリージアさん、ユグル王国のルーミア様やミーミル様、エリザベス様にロザリー様、ガラハットさんとその妻コーネリアさんが、ワイワイと賑やかに選んでいる。

そこに僕が入る隙間《すきま》はない。

写真は聖域の公園や教会で撮影されたみたい。

皆んなでポーズを指示するなど、ワイワイと楽しみながらエトワール達の写真をアカネが撮っていたらしい。

エトワール達も絵のモデルと違って、動いても平気だから楽しかったようだ。

「随分とたくさん撮ったんだね」

「それはそうよ。タクミも知ってるでしょ。カメラマンはたくさんの写真の中から、これっていうのを選ぶものなのよ」

「なのニャ」

アカネがやれやれと首を横に振って呆れていると、その横でルルちゃんが同じポーズをする。

あれ？　僕がおかしいのか？

テーブルいっぱいに広げられ重ねられた写真は、三人の分を合わせると千枚近くあるんだけど。

「これなんてエトワールちゃんの可愛い耳がはっきり見えているから、エルフには受けるわよ」

「お母様、こっちの角度の方が良くありません？」

困惑する僕を他所に、ルーミア様とミーミル様がエトワールの写真を選んでいる。

「ん～、どれも可愛くて選べん」

「そうね、どのエトワールちゃんも良いわね」

ダンテさんとフリージアさんも目尻《めじり》を下げて写真を見ている。

「ほら、こっちの春香ちゃんはどうかしら」

「あら、それもいいわね。でもこっちのもいいわよ」

「これはフローラちゃんの天真爛漫な様子がよく撮れているな」

「貴方、こっちのフローラちゃんも元気いっぱいでいいわよ」

エリザベス様とロザリー様は春香の写真を、ガラハットさんとコーネリアさんはフローラの写真を見ながら、ワイワイと意見を言い合っている。

僕が戸惑っていると、アカネが説明してくれた。

「ウェッジフォートで、ブロマイドを売り出すのよ」

「えっ⁉　ブロマイドを売り出すって、姿絵でも騒ぎになったんじゃなかったっけ」

「だからよ。姿絵を版画にしても枚数が少ないから騒ぎになったのよ。なら、たくさんあれば皆んなの手に渡るし、それほど騒ぎにならないじゃない」

姿絵の版画が出回った時、聖域やウェッジフォートに欲しい人が多くてちょっとした騒ぎになった。

それを解消するために数が揃う写真にしたって事らしい。

いや、僕が問題にしているのは、エトワールや春香、フローラの写真が不特定多数の手に渡る事なんだけど……

それを言うとアカネは――

「あんたが有名人で、母親のソフィアやマリア、マーニもそれぞれ顔が知られているのよ。エトワール達も今さらよ」

「うっ」

「それに姿絵の版画が出回った時点で手遅れよ」

確かに表の世界から裏の世界まで、結構顔が知られているのは僕も自覚しているよ。この世界に降り立ってから怒涛《どとう》の日々だったからね。

冒険者としても高ランクになって、その後、聖域関係で大陸の各国に名前と顔を知られ、戦争にも介入したし。

「まあまあ、このブロマイドはただ単にエトワール達の写真を売るってわけじゃないのよ」

アカネが悪い顔で指をチッチッと振る。

「どういう事？」

「これはあの豚エルフを釣るエサでもあるの」

「釣る？」

「ええ、ブロマイドはウェッジフォートのパペック商会で売り出すでしょ。それをシルフに手伝ってもらって追跡調査するのよ」

アカネはブロマイド販売で、ホーディアを見つけようとしているみたいだ。でも精霊でも見つけられていなかったんじゃなかったっけ。

僕の考えを読んだのか、アカネが説明してくれる。

「ウェッジフォートには、精霊の認識を阻害する場所が数ヶ所ある事までは分かっているの。多分、その何処か、もしくは全部が豚エルフの拠点の可能性が高いわ。でもブロマイドの行方《ゆくえ》を特定出来れば、あの豚を見つける事が出来ると思うの」

「ま、まあ、確実じゃないけど、可能性はあるね」

フンスと鼻息荒いアカネをドウドウと落ち着かせて、とりあえず僕は静観する事にした。

上手くいけば儲けもの程度の気持ちで見守るか。

おっと、その前に僕にもブロマイド用の写真を見せてよ。

21　売り出し

アカネ企画のエトワール達のブロマイドは、厳選に厳選を重ね、それぞれ五枚ずつを第一弾として売り出されるらしい。

そう、第一弾だ。

一度に全て売り出すなんてしない。その方が長く売れるし、買う側も選択肢が多すぎると迷ってしまうので、結果的に購買数が減るんだとか。

いや、僕としては売らなくてもいいと思うんだけど、今さら言い出せない。言っても相手にされないとも言う。

エトワール達が嫌がっているなら、何としてでも止めてみせるけど、三人とも楽しんでいるんだよね。

売り出すのは、ウェッジフォートのパペック商会のみ。

例外として聖域でも売り出されるが、これは完全に聖域の住民向けだ。

三人は聖域の人達に人気なんだよね。皆んなに可愛がられている。ありがたい事だな。

僕は今、変装してウェッジフォートに来ていた。

アカネからやめとけと言われたけど、来ずにはいられなかった。

「マスター、多分、あの豚エルフは来ないと思うよ」

「ウッ、そ、それは、そうかもしれないけど……」

亜空間からひょっこりと顔を出したカエデに突っ込まれて、言葉に詰まる。

僕だって、ホーディアが自分で買いに来るなんて思っていない。そして代理の人間が買いに来たなら、誰がホーディアの関係者なのかなんて分かるわけがないって事も理解しているよ。

でもどんな人が娘達の写真を欲しがっているのか気になるじゃないか。

ウェッジフォートのパペック商会の近くまで来ると、僕の目に多くの人が列を作っている光景が飛び込んできた。

「えっ、並んでるの⁉」

「凄い人気だねぇ〜」

僕は驚きの声を上げ、カエデは楽しそうに列に並ぶ人を見ている。

並んでいる人は様々だ。

人族や獣人族、ドワーフにエルフもいる。

何故、他人の子供の写真を欲しがるのか、僕には理解出来ない。

「うーん、エルフの人達は精霊を信仰するのに近いんじゃない？」

「ウワッ、びっくりするから突然現れないでよ」

急に気配もなく現れたのはシルフだった。

「信仰って、エトワールの事？」

「エトワールだけじゃないわよ。聖域の管理者で精霊樹の守護者の子供。しかも大精霊達に愛されている子供達だもの。外に暮らすエルフが崇《あが》めるのも少しは理解出来るわね」

「い、いや、そうかもしれないけど……」

まあ、エルフに関しては、大精霊の影響もあるんだろう。

「でも人族や獣人族の人達が娘達の写真を欲しがる理由が分からないよ」

「何言ってるのよ。アイドルに熱狂するのは何処の世界でも一緒よ」

「一緒ニャ」

「ちょっ、アカネとルルちゃん!?」

シルフだけじゃなく、アカネとルルちゃんまで現れた。

「ソフィア達が身重で動けないからね。私とルルで偵察《ていさつ》に来たのよ」

「偵察ニャ」

建物の陰に何人も集まって行列を観察している僕達って、不審者丸出しだよね。

「ねえ」

「ん、なに？」

そんな僕達がパペック商会を陰からコソコソと覗いていると、アカネが後ろから声をかけてきたので、振り返らずに返事をした。

「動画を撮れる魔導具って作れる？」

「うん、一眼レフを作ったからね。レンズの仕組みは流用出来るから、動画用のカメラも作れると思うよ」

「それって、ＤＶＤみたいに皆んなに動画を売り出せないかしら」

ブロマイドの次はＤＶＤかよ。

アカネは本気でうちの娘達をアイドルにするつもりなのだろうか？

「動画の保存は魔晶石を利用すれば可能だろうけど、再生する魔導具は必要だよ」

「セット売りね」

「いやいや、アカネ。それって凄い値段になると思う」

「お金持ちなら絶対買うわよ。タクミだって、エトワール達の動画を保存しておきたいでしょう？」

「ま、まあ、それはそうだけど」

これから子供も一気に五人増えるんだし、写真以外に動画も残しておきたいのは本音だ。

僕がそんな事を考えている間もブロマイドを購入する列は流れ、どんどん売れていく。

「タクミ、ちょっと、タクミ！」

「へっ、あ、ああ、なに？」

「なに？　じゃないわよ。もうブロマイド売り切れだから列の監視は終わりよ」

「えっ!?　いつの間に」

僕が動画用カメラの構造を考えているうちに、いつの間にかブロマイドは売り切れていたみたいだ。

「で、どうだった？」

「もう、あんたがぼうっとしてどうするのよ。まあ、いいわ。一応、エルフを中心に観察してたけど、流石にあからさまに怪しい奴はいなかった。もしかすると、まったく関係ない人に依頼して購入してるかもしれないわね」

「ああ、その可能性もあるね」

はっきりとホーディアとの関係を疑える者はいなかったか。

確かに、ホーディアの部下が直接買いに来る必要もない。

「でも、この世界、思ってた以上にロリコンがいるかもしれないわね」

「ええっ!?　どういう事だよ！」

「シッ、大きな声を出さないで。また帰ってから話すわよ」

「ちょっ、どういう事かだけでも教えてよ！」

「はい、はい、帰るわよ」

「帰るニャ」

アカネとルルちゃんはそう言うと、さっさとウェッジフォートの屋敷に戻っていく。

僕は慌ててそのあとを追った。

22　敵はなかなかやるようです

エトワール、春香、フローラのブロマイドは、あっという間に完売した。

純粋にアイドルとして追いかけている人もいるのは分かった。親子で並んでいる人もいたからね。

だが、アカネによれば多くの人は本当にエトワール達に懸想しているようにも見えたとの事。

ちょっとちょっと……

まあ、それはあとで考えるとして、僕はブロマイド販売の当初の目的であるホーディアの居場所特定はどうなったのか、アカネに尋ねる。

「それで、ホーディアの行方は分かったの？」

「……それがさあ、精霊の目を誤魔化す魔導具を設置した建物が意外と多いって事が分かったのよ」

アカネから返ってきたのは、僕を驚かせる内容だった。

「えっ!?　ウェッジフォートの街の話だよね？」

「そうよ。私達に縁の深いウェッジフォートだから余計にかもね」

「どういう事？」

再び聞くと、アカネは答える。

「精霊が身近な私達がよく出入りする街でしょう。聖域も近いし、精霊も他の街よりも多いみたい。それに風精霊って自由でしょう？」

「うん。自由すぎるくらいにね」

「あの街にも、私達やユグル王国に色々と知られたくない人達がいるのよ」

「ああ……それもそうか」

考えれば当たり前の話だ。

バーキラ王国やロマリア王国、サマンドール王国も、ユグル王国や聖域の僕達に情報が筒抜《つつぬ》けなんていい気持ちはしないよね。

それは商会もそうだ。僕達に近いと思われているパペック商会に、商売上の機密を知られたくないのは当然だな。

僕達は別に精霊を使って機密情報を集めてはいないけど、精霊が勝手に教えてくれる事もあるからね。

「それで今は、確実にあの豚エルフとは関係ない場所を潰してるの。それで残るのは、すねに傷を持つ奴らの拠点よ」

「随分と乱暴な話だな。頼むから関係ない人に迷惑かけないようにね」

アカネにはくれぐれも言っておく。

どうしても自由奔放《じゆうほんぽう》なシルフとアカネが絡むと心配になるからね。

「分かってるわよ。エトワール達のブロマイド、第五弾までには割り出してみせるから」

「いや、第五弾って何だよ。そんなに売るつもりかよ」

やりすぎないよう釘《くぎ》を刺したら、アカネがサラリととんでもない事を口にした。

他人の子供の写真がそんなに売れるのかというのは置いといて、ブロマイドの販売は続けるつもりなのか。

まあ、写真自体が珍しいから需要はあるかもだけど……

「当たり前じゃない。一回きりの販売じゃ皆んなから非難囂々《ひなんごうごう》よ。買えなかった人もたくさんいるのよ」

「だ、だけど、僕の娘の写真だよ？　ただの平民の一般人だよ？」

完売したのは分かっているけど、買えなかったからといって不満を持つほどの事じゃないと思う……

するとシルフが現れた。

シルフが突然現れるのはいつもの事だから、今さら驚かないけど、何の用だ？

「フフッ、タクミも自分の娘達の事を分かってないわね。第一弾の再販を訴える客がパペック商会のウェッジフォート支店にひっきりなしなのよ」

「えっ!?　本当なのか？」

「ええ、私が直接見てきたもの」

アカネがドヤ顔でウンウンと満足そうに頷く。

「当然ね。ブロマイドの販売数は、わざと少なめにしてあるもの。手に入れにくいものほど欲しくなるものね」

「そうね。アカネ、天才よ」

シルフはアカネを褒めているが、僕は呆れてしまった。

「いや、よくある手だけど、アカネ、やり方がえげつないな。この世界の人にそんなの仕掛けて……」

「大丈夫よ。数が少なすぎて、オークションなんかで高騰《こうとう》するのは申し訳ないから、絶妙な数を販売しているもの」

「そうよ。そのために私やセレネー、ニュクスの眷属《けんぞく》を使って市場調査までしたんだから」

「いや、大精霊が寄ってたかって何してるの」

シルフに加えて、セレネーやニュクスまで絡んでいると知った僕は、溜息を吐いた。

「まあ、安心して私に任せなさい。少なくともホーディアが持っている拠点は全部見つけてみせるから」

「いや、そうじゃなくて」

「タクミ、アカネの好きにさせなさい。あなたもあんなのがウェッジフォートにいたら安心出来ないでしょう」

「ま、まあ、そうだけど」

二人に言いくるめられている気がする……

アカネは僕の肩をパンパンと叩く。

「タクミは動画用のカメラを頼むわね。あと再生用の魔導具も」

「私も行くわ。じゃあね」

アカネは部屋を出ていき、シルフもそのまま消えた。

「……動画用のカメラを作るか」

エトワール達のブロマイドを売り出すのに納得は出来ないけど、今さら僕が一人反対しても仕方ない。はぁ、アカネとシルフに任せるしかないか。

僕は動画用カメラを作りに工房へと向かう。

これも売り出すつもりなのかな。

もう、完全にアイドルだな。

23　趣味に走ろう

サクッと動画用カメラと再生用魔導具を作って、それをソフィアに渡すと、僕は一人暇になった。

しばらくホーディア関係は女性陣に任せる事にして、僕は娘達と遊んだり、自分の趣味に走ったりしようと思う。

勿論、パペック商会に卸すポーション類や魔導具の製作はレーヴァと一緒にやる。

工房に行くと、いつものようにレーヴァが作業していた。

お互い、自分の作業スペースに座り、視線だけで挨拶を交わす。

レーヴァは何やら仕事以外のものを作っているようだ。

僕も彼女も、自分のノルマを終えると、それぞれ趣味のもの作りに没頭するのはいつもの事だ。

ノルマさえこなしておけば、あとは自由に工房を使っていい事になっている。

僕は紙を広げてアイデアとラフなスケッチを描き始める。

ああでもないこうでもないと、ブツブツ言いながら色々と書き殴っていると、気になったのかレーヴァが尋ねてくる。

「今度は何を作るでありますか？」

「新しいバイクを作ろうと思ってね」

レーヴァに隠す事でもないので正直に答えると、彼女は首を傾げた。

「あれ？　またバイクでありますか？　確かに何台持っていてもいいでありますが……」

「いや、今回はちょっと趣向を変えようかと」

「趣向を変える、でありますか？」

レーヴァの言うようにバイクは既に以前造ったものがあるが、男の子は好きなものはいっぱい欲しいんだよね。経済的に許されるなら、だけど。

男は皆んなコレクターなのさ。

車は流石にいつも乗せてもらっているグレートドラゴンホースのツバキに悪いから、戦闘用のものしか造ってないが、純粋に走るのを楽しむバイクは別だという事にしている。

まあ、ツバキは時々カエデが遠乗りしているから、ストレスは溜まっていないと思う。

「今のバイクはオフロードバイクだろ？　それはそれで楽しいけど、もういっその事浮かべちゃえと思ってね」

「おおっ！　なんか楽しそうでありますな！」

この世界の道路事情は悪い。

未開地の中は街道も必要最低限の本数だからね。

そうなると聖域から街道を外れて移動する時、オフロード仕様が必要になる。

僕達には空を飛ぶウラノスもあるけど、もっと簡単に使える地面から少し浮いて走行？　飛行？するバイクを作ろうと思ったんだ。

もうその時点でバイクと呼んでいいのか分からないけど。

「瞬間的に多少高く飛べるくらいで、あとは地面から二、三十センチ浮けばいいかな」

「浮かせるのはウラノスやガルーダで経験済みでありますし、その程度なら出力もそれほど必要なさそうでありますな」

「だろ。一人乗りか多くても二人乗りだから、そんなにパワーはいらないしね」

「でありますな」

レーヴァと話しながらもスケッチやメモする手を止めない。

その紙をレーヴァが覗き込む。

「おおっ、カッコイイでありますな」

「だろ、思いっきり僕の趣味に走ったデザインだけどね」

「レーヴァも一台造るであります。どうせなら、もっと可愛いのがいいであります」

「えっ、カッコイイって言ったよね」

「レーヴァの趣味ではないであります」

「そ、そうなんだ……」

僕が描いた完成イメージは、アニメのＡＫＩ○Ａに出てきたあのバイク。

あれは地面を走るバイクだけど、デザインが最高にかっこいい。

漫画も読んだしアニメも見たが、あのバイクのシーンは印象に残っている。


レーヴァも自分のテーブルに戻り、デザインし始める。

僕も気を取り直してデザインを詰めていく。

あのバイクと違うのは、低空を飛ぶのでタイヤを使わないという事。

ただ、前後のタイヤを取っ払うとデザイン的に成立しない。

だからタイヤではないけど、方向制御や姿勢制御用のパーツにしようと思う。

スピードもウラノスみたいな速さは必要ないものの、一応、時速三百キロ程度は可能にするつもり。

この世界では、ウラノスやガルーダを除けば、そんなに速い乗り物はないからね。時速三百キロでも十分速い。

レーヴァがふと顔を上げて気になった事を聞いてきた。

「タクミ様、武装はつけないのでありますか？」

「うん。これは完全に僕が乗って楽しむのが目的の乗り物だからね。武装は必要ないよ」

「なるほど、自転車と同じでありますな」

「ああ、それが一番近いかもしれないね。豪華で速い自転車」

「納得であります」

これまで僕が造った乗り物には、基本的に武装がついていたから、それがないのを不思議に思っても仕方ない。

魔物という脅威が身近なこの世界、どうしても武装をつけたくなるのも分かるけど、僕達なら必要ないし、やるとなると構造が複雑になる。

今回はシンプルに行く。

塗装の色もどうしようかな。

あのバイクなら赤だけど、まんま真似になるのもな。

真似したところで、誰も突っ込む人はいないか……色はレーヴァのバイクの色を聞いてからにしよう。

24　グライドバイク

デザインを例のバイクに近づけたいので、ラダー（方向舵《ほうこうだ》）の大きさは最小限にしたい。

だから方向転換はエアスラスターを複数用いる方向で設計する。

ただ、ハンドル操作とアクセル操作だけじゃ全ての動きを制御するのは難しい。

地上を走るバイクなら、左右はハンドルと体重移動で、スピードはアクセルとブレーキだけで済むけど、空中ではそれに上下の動きも加わるからね。

僕はバイクの操縦感覚となるべく近くなるように考える。

出来ればハンドルの操作と体重移動でバイクの左右の挙動を制御したい。

上下は、ハンドル以外に専用の操縦桿《そうじゅうかん》をつけるか……それともハンドルの形状を変えて一体化するか、どうしようかな。


その後も考えて、結局、ハンドルを前後に動かして上下の動きを制御する事にした。

基本的に上下の動きをする頻度はそこまで多くないと思う。

僕のイメージは、地面スレスレを滑《すべ》るように浮いて走るバイクだ。

ただ、まったく上下に動けないのも困るので、スラスターの出力で短時間なら高度を上げる事が出来るようにしておこう。

以前、趣味で造ったオフロードバイクだけど、この世界はどれだけ高性能なサスペンションでも長く乗れないような場所ばかりだから。

勿論、それなりにゆっくりなスピードなら大丈夫なんだけどね。

まあ、オフロードバイクはオフロードバイクで良いが、低空を滑空するように飛ぶバイクもきっと面白いと思うんだ。


基本的に、ウラノスやガルーダで培《つちか》った技術の焼き直しで、部品のサイズや数、それの制御だけなので、設計図やデザイン画が完成するのは早かった。

「よし！　こんな感じかな」

「おっ、設計図が出来たでありますか？」

「うん、設計図と完成予想図を描いてみた」

「どれどれであります」

僕が椅子の背もたれにもたれかかって告げると、レーヴァが近寄り覗き込んできた。

「ほぉ、形はバイクに近いでありますな」

「そっちは違うのかい？」

「レーヴァのは地上の走行も想定しているであります」

そう言って描きかけの設計図を見せてくれる。

「おっ、バギーカーみたいな感じか」

「バギーカーでありますか？」

「ああ、全地形対応で悪路の踏破性《とうはせい》を重視した軽量の車の事だよ」

「おお、それならバギーカーで間違いないでありますな」

今話に出たように、レーヴァの造ろうとしているのは僕のバイクとは違い、四人乗りのバギーカーといった感じだ。

空を飛ぶ事を考えて、オープンカータイプじゃなく、ちゃんと天井とドアで囲まれている。

大きめのタイヤとサスペンション、それに加えて空中での推進と方向転換用のスラスターと、やっぱり小さめのラダー。

レーヴァはハンドルの横、普通の車ならシフトレバーのある位置に、上下の動きを制御するレバーをつけるみたいだ。

完成イメージのスケッチでは、ボディが明るい黄色ベースになっている。

「いい感じだね。色は黄色にするの？」

「はいであります！　女の子は乗り物にもオシャレを求めるのでありますよ」

「そ、そうなんだね」

そう言われて改めてレーヴァのスケッチを見ると、確かに曲線を主体としたデザインは可愛らしさが存分に出ている。

「四人乗りなのはどうして？」

「きっと聖域の子供達や、アカネさんやルルちゃんも乗りたがるでありますよ」

「……ああ、きっと乗りたがるだろうね」

趣味に走った僕のバイクは、無理すれば二人乗れるかなって感じだけど、レーヴァのバギーカータイプは、四人乗りのコンパクトカーを少し小さくしたサイズだ。

子供達の事まで考えていたレーヴァに対し、思いっきり僕だけが楽しむバイクを造った自分が恥ずかしくなる。

「まあ、タクミ様はエトワールちゃん達を一人ずつ順番に乗せたらいいと思うでありますよ。たまにはタクミ様だけで楽しむ事も大事であります」

「うん、そうだね。そうするよ」

バイクなので、今さら乗れる人数を増やせないからね。

それに、このバイクは移動手段じゃなく純粋に僕が楽しむための乗り物だ。

そこでふと、子供用にミニバイクを造ればいいんじゃないかと思いついた。

「聖域内に専用のコースを造って、ミニバイクに乗れるようにすれば、子供達も喜んでくれるかな？」

「おお、それはいいでありますな」

「うん。タイヤにするか、少しだけ浮かせる形にするか、それは後で考えよう」

子供達用のミニバイクはタイヤの方が良いだろうな。

空を飛ぶバイクは単純に危険だし、遊ぶ場所も限定出来ないから目を離せない。

まあ、その前に僕のバイクが先だな。

25　レッツツーリング

ここはウラノスやガルーダが格納されているところとは別の、僕とレーヴァが個人で使っている倉庫。

そのガランとした倉庫の地面に魔法陣が描かれている。そしてその魔法陣の上に、希少金属や魔石などの様々な素材が積まれている。

僕の目の前には設計図と完成予想図。

強く完成形をイメージする。

「錬成《れんせい》！」

もはやこのくらいのサイズのものなら、魔力的に負担にはならない。

光が収まった後には、真っ赤に塗装された近未来的なバイクが姿を現した。

前後のタイヤっぽいものは、スラスターや姿勢制御の魔導具が組み込まれたパーツとなっている。

ウラノスやガルーダの時は、一度の錬成で完成形にはしなかったけど、このグライドバイクの場合は、問題なく一度で錬成出来た。

ああ、グライドバイクというのは、この低空を滑るように飛ぶバイクを僕がそう名付けたんだ。

バイクの各部のチェックを終えると、僕は早速試乗しようと服を着替える。

火竜《かりゅう》の革製のジャケットに伸縮性が高く丈夫な水竜《すいりゅう》の革製パンツとブーツをはき、ワイバーンの翼の皮膜から造ったグローブをはめて、ヘルメットを被る。

ゴーグルをつければ完璧だ。

実は僕やソフィア達の普段着は、糸はカエデのものだし、完成した服をこれでもかというくらいエンチャントで強化してあるので、そのままバイクに乗っても問題なかったりする。

ただ、僕は形から入るタイプだからね。ジャケットはこの世界では目立つだろうけど、ライダースジャケットをわざわざ造ったんだ。

バイクの周りを一周して、各部におかしな不具合はないか改めてチェックしていく。

ひと目見ただけで分かるような不具合があっては困る。

流石に、ウラノスやオケアノス、ガルーダなんかに比べるとシンプルな造りなので、パッと見た感じは大丈夫みたいだな。

うん、かっこいい。

僕はバイクに跨《またが》り、キーを差し込むと、フワリと車体が地面から二十センチ浮き上がった。

そのまま僕は足で地面を蹴《け》って、倉庫からバイクを運び出す。

浮き上がったバイクは、ポーンと軽く地面を蹴るだけで、空中を滑るように動いてくれる。

倉庫の外に出たところで、一旦その場に停車した。

一応、浮遊したままの待機状態でも車体は倒れないようになっている。

「さて、最初はゆっくり行くか」

走行中は、地面にぶつからないよう設定しているので、滅多な事では危険はないと思う。

僕は慎重にアクセルを操作し、ゆっくりとスピードを上げていく。

バイクは地面の上を浮きながら滑るように走る。

いや、今さらだけどやっぱりこれは飛んでいるから、走るって言わないかな？

とにかくそのままスピードを上げ、聖域の外へ出ると、未開地の南に向かう。

聖域から南側の未開地は街もなく人も近づかないので、テストに持ってこいだ。

周りに人がいないのを広域探知で確かめて、本格的なテストへと移行する。

スピードを上げると、風を切る音が大きくなる。

例のあのバイクをパクッ……モチーフにしているので、一応前方にはカウルがあるが、それでも風を全て防ぐものではない。

バイクに乗る姿勢も、レース用のバイクみたいに前傾姿勢じゃなく、アメリカンバイクに近く、二十センチ浮上した状態でも地面に足をつける。

それからは挙動の確認だ。低速でのスラロームから高速でのスラロームや急制動。

高速スラロームではかなりのGがかかるが、僕の高レベルな身体能力に加え、そこにさらに魔力を全身に纏《まと》えば耐えられないGはない。

タイヤはないけど、スピンターンやドリフト走行の真似事も可能だった。

ジャンプするように一時的に高度を上げるテストや、バイクをバンクさせても転倒しないかなど、一つ一つテストしていくけど、途中からどうでもよくなってきた。

「ひゃっほー！」

声を上げてしまうくらいに楽しい。

流石にダイレクトに風に晒されGがかかるので、乗る人を選ぶだろうけど、もっとありえない動きを生身でこなす僕やソフィア達なら楽しく乗れるだろう。

子供が無事産まれたら、ソフィア達も欲しがるかもしれないな。

それはともかく、このグライドバイクは造って正解だな。操縦に多少のテクニックは必要だけど、その分面白い。

よーし！　ちょっとだけ遠出しちゃおうかな。

調子に乗った僕は、アクセルを吹かした。

勿論、家に帰ってから皆んなにチクチクと叱《しか》られたよ。

娘達からは、自分達も欲しいって言われて困ったしね。

流石にエトワール達にはまだ早いかな。

26　ミニバイク

「パパァ！　エトワールはアオがいい！」

「はるかはねぇ！　あかぁ！」

「フローラはミドリがいい！」

「はい、はい。分かったから」

僕は聖域の屋敷のリビングで、エトワール、春香、フローラの三人の娘に纏わりつかれていた。

原因は勿論、僕のグライドバイクが見つかったからだ。

この前、レーヴァのバギーカータイプには乗せてもらったらしいのに、金○のバイクを真似たデザインのグライドバイクは、娘達から見てもかっこよすぎたんだろう。

まだエトワール達には早いと説得を試みたんだけど、いつもは聞き分けの良い娘達が納得してくれなかった。

ソフィア達も性能をダウングレードすればいいのではと、子供達の味方についてしまったので、もう僕の意見は通らない。

考えてみれば、僕も前世の子供の頃、キコキコと足踏みして進む車のオモチャがあったな。

お金持ちの子供は電動のモーターで動く車を持っていたのも思い出した。

それをだいぶ高性能にした感じならいいのか？

結局、地面から浮遊する高度は二十センチ。ママチャリと同じくらいのスピードの時速十五キロ程度で造る事にした。

あとから出力を上げるのも簡単だし、最初はそのくらいでいいか。

エトワール達の年齢を考えると、ママチャリの平均速度でも速いんだけど、そこはレベルやステータスのある世界。

しかも僕とソフィアやマリア、マーニの娘なので、身体能力は高いし、運動能力は前世で僕が知っている大人よりも高いから大丈夫だろう。

逆に、僕が前世で見た事のある電動の車のオモチャみたいなゆっくりとしたスピードでは、エトワール達は満足しないだろうしね。

子供達に追いたてられるように工房に行くと、レーヴァが納品用のポーションを作っていた。

「エトワールちゃん達に、何かねだられたんでありますか？」

「正解。グライドバイクが欲しいって言われたよ」

「ああ、タクミ様のは子供達が喜びそうなデザインでありますものね」

レーヴァがエトワール達の気持ちも分かると言わんばかりに、ウンウンと頷いた。

「そうなんだよね。だから子供達でも乗って危なくないのをってね」

「頑張ってくださいであります」

「うん、ちょっと考えてみるよ」

さて、四輪の車タイプじゃエトワール達は納得しないだろうな。

レーヴァのバギーカータイプじゃなく、僕のバイクタイプを欲しがったんだもの。

そういえばポケバイってあったな。

あそこまで小さく造る必要もないけど、小さくてかわいい感じなら喜ぶかな。

「よし、僕のグライドバイクをそのまま小さく造るか」

あくまでオモチャだ。見た目だけ似せればいいと思う。

そんなつもりはないけど、性能まで寄せて造ると、あとでソフィア達からなんて危険なものを与えるんだと怒られそうだ。

いや、きっと怒られる。

それもソフィア達だけじゃなく、ダンテさんやフリージアさんはじめ、お爺ちゃんお婆ちゃんから怒られる。

その光景を想像しただけで、思わずブルッと震えたよ。

本体のグライドバイクの安全性も勿論だけど、ヘルメットや膝当て、肘当《ひじあ》てなんかも用意した方がいいな。

スピードも遅く、高く飛べないようにもするので、僕が気を使うのはデザインだけだ。

エトワール達の体に合わせて小さく造るが、車体はある程度長くしないと、もし何かに衝突した場合に危険だ。

その延ばしたフロントとリアに安全装置を組み込む。

ママチャリのスピードでも衝突すると、結構な衝撃だからね。

「うん、ヘルメットと革のツナギも色違いで作るか」

「タクミ様、グローブとブーツもでありますよ」

「そうだな。首を保護する仕組みも必要か」

「出来れば緊急時に結界を発生させるのが望ましいであります」

「ああ、結界は必要だな。うん、簡易のエアバッグも考えてみよう」

確か前世でもバイク用のエアバッグなんかがあったはずだ。

「まあ、エトワールちゃん達なら大丈夫でしょうけどね」

「そうなんだけどね。これはソフィア達だけじゃなく、お爺ちゃんお婆ちゃん達を納得させる用だよ」

「なるほどであります」

そうして一見無駄とも思える数々の安全装備を組み込んだ、子供達用のグライドバイクを作り上げた。

たかがオモチャとはとても言えない、小さいけどカッコイイのが三台出来た。

うん、これなら喜んでくれると思う。

27　興奮パペックさん

エトワール達用に造ったグライドミニバイクだけど、ケットシーのミリやララや猫人族《ねこじんぞく》のサラ、人族のコレットやシロナ、エルフのマロリーなどの聖域の古株の子供達に見つかった。

ええ、慌てて造りましたよ。

サラの兄のワッパや、マロリーの姉メラニーなんかは、もう普通にフルタイムで仕事しているので、流石に欲しがらなかったけど、エトワール達が乗っているのを羨《うらや》ましそうにはしていた。

流石に一人一台はやりすぎだとアカネに注意されて、皆んなで交代で乗るように、三台追加で造ったんだ。


一度造った物なので、錬成するのも大した手間じゃない……そう、思っていた時期が僕にもありました。

一番見られちゃいけない人に見つかってしまった。

「是非《ぜひ》、我が商会に売ってください！」

「ちょ、ちょっと待ってパペックさん」

たまたま聖域を訪れたパペックさんに、外でグライドバイクに乗っている子供達が見つかってし

まったんだ。

エトワール、春香、フローラの三台と、ミリ達聖域の子供達用に作ったグライドバイクを見られてしまった。

まあ、当たり前だよね。

エトワール達は勿論、聖域の子供達も交代でグライドバイクに乗って遊んでいるんだから、聖域に入れさえすれば、直ぐにバレる。

特に今日は、忙しくてたまにしか顔を見せないパペックさんが来ていたのもタイミングが悪かった。

商魂たくましいパペックさんが、グライドバイクを見てその反応をするのは想定内だもんね。

「も、申し訳ございません。少々興奮してしまいました」

「いえ、いいんですけど……それで、売ってほしいと言うのは、あのグライドバイクの事ですよね？」

「おお！　グライドバイクというのですか！　素晴らしい！」

パペックさんの興奮は収まりそうもない。

「ええ、僕が最近造って乗っていたら、娘達にねだられまして、仕方なく三台造ったんですけど、そうすると聖域の子供達も欲しがったもので……流石に全員に一台ずつは僕も大変なので、交代で乗るように何台か追加で造ったんですよ」

「ほぉほぉ……」

遠回しにたくさん造るのが大変だと匂わせたけど、どうも通じていないな。

既にパペックさんは頭の中で、何処にいくらで売り込むとか考えてそうだ。

「タクミ様！　あれよりも性能を下げた廉価版《れんかばん》でも構いません。そうですね……一月に五台でどうでしょうか？」

「えっ、一月に五台ですか？」

パペックさんの中では、パペック商会からミニグライドバイクを売り出すのは、決定事項みたいだ。

それよりも、パペックさんが口にした数を聞いて、思わずキョトンとしてしまう。

一月に五台って、あまりにも少なくないかな？

僕の表情から察したパペックさんが、理由を教えてくれた。

「タクミ様、このグライドバイク、私が売るとなると相当な値段になると思われます。子供が遊ぶ用の乗り物に、それだけのお金を出せるのは高位の貴族か豪商くらいのものでしょう。そしてそんなお金を持っている方達は、人が持っていないものを手に入れて、優越感に浸《ひた》りたいのですよ。高くてもお金さえ払えば直ぐに買えるものはありがたがらないのです」

「そ、そうなんですか……」

パペックさん曰《いわ》く、庶民《しょみん》には自転車が普及しつつあるので、こんな高級なオモチャは羨ましがっても買いたいとは思わないだろう。

具体的な金額を聞くと、庶民の年収の数年分ではきかないそうだ。

「そんなに高く売るんですか？」

「価値のあるものを、安く売りすぎるのも問題ですからね」

「ま、まあ、確かに」

この聖域でしか使われていない技術もふんだんに使用して造ってあるから、安くはないだろうが……

「タクミ様には、一年分の六十台と何台か余分に造ってもらえばよろしいかと思います。おそらく有力貴族家や豪商に売り切ってしまえば、あとはそんなに売れないでしょうから」

「ろ、六十台」

一月に五台と聞かされた時はそんなに少なくていいんだ、なんて思ったけど、六十台と言われると少し顔が引きつる。

「ああ、カラーリングはこちらでいたしますので、無地で結構です」

「そ、そうですか」

バイクの無地ってなんだよ。布地じゃないんだから。

「詳しい契約のお話はいつものように、アカネ様といたしますので」

「そうですか……」

パペックさんはにこやかにそう言って、僕の家へと駆けていった。

僕は呆然として、いい歳した小太りのパペックさんが駆けていく後ろ姿を見ているしかなかったよ。

28　カスタム依頼

ミニグライドバイクの初期ロットは、異例の速さで販売までこぎつけた。

勿論、予約販売で、一台の価格も子供のオモチャの値段じゃない。

パペックさんは、随分と強気の価格設定をしていたからね。

それでも彼は一瞬で完売すると言い切っていた。

僕はそれを聞いて首を傾げたよ。

だって、あのミニグライドバイク、使われている魔石の値段だけでも凄い金額になるはずだ。

自転車を売るレベルの話じゃない。

だけど甘かったのは僕の方だったみたい。

ミニグライドバイクの初期ロットは即完売したらしい。

完売した後も、トリアリア王国を除いた全ての国から問い合わせがひっきりなしだそうだ。

ドワーフの国であるノムストル王国なんてかなり遠いのに……

まあ、予定していた数のミニグライドバイクは全てパペック商会に納品済みなので、僕はそろそろ臨月《りんげつ》の奥さん達をサポートしつつ、エトワール達と遊ぼう。

なんて思っていた時期がありました。

「えっと、それはカスタムしてほしいって事ですか？」

「カスタムというよりは、大人用のグライドバイクが欲しいと仰《おっしゃ》っています」

パペックさんが神妙な顔で告げた。

そう、ミニグライドバイクの大人用が欲しいと望む人がいるらしい。

もう、それは僕のグライドバイクと変わらない。

「あれって、軍事転用出来るからまずいと思いますよ」

「勿論、バーキラ王国の方です。間違ってもサマンドール王国やノムストル王国ではありませんよ」

バーキラ王国とその同盟国には、僕から色々と移動車両を提供している。

ただし、それらは全て国王直轄《ちょっかつ》の騎士団にだけだ。

それも無制限に売っているわけじゃなく、数の制限は設けているし、今は新しく造ってもいない。

「いや、それでも一度注文を受けてしまうとキリがなくなりますよ」

「そこは大丈夫です。その辺の管理はロボス陛下自らがしてくださると仰っていますから」

「ロッ、ロボス陛下ぁ!?」

グライドバイクばかり作るよりいつも新しいものを作りたいから、色々と理由をつけて断ろうとしたら、パペックさんからとんでもない人の名前が飛び出した。

「ロボス陛下って、ロボス陛下ですか？」

「はい。ロボス・バーキラ王ですよ」

「いやいや、なに普通に言っているんですか。しかも陛下が受注の管理をするんですか？」

「ええ、流石に陛下にゴリ押し出来る貴族は国内にはいませんから」

「た、確かにそうでしょうけど……」

　それはそうだろう。貴族達に御輿《みこし》を担がれている愚王ならまだしも、ロボス王は賢王として名を馳《は》せている方だ。よほど馬鹿な貴族じゃなければ、おかしな事はしないだろう。

「それに陛下はそこまでの数にはならないだろうと仰っていましたよ」

「えっーと、具体的には？」

「はい。陛下用に一台。護衛の近衛騎士団団長のギルフォード殿用と副団長用に一台ずつの三台が王家からの注文ですね」

「王家からという事は、現時点でまだあるんですか？」

「はい。あとはイルマ様のお知り合いであるボルトン辺境伯様と、ロックフォード伯爵様からの二台ですね」

「もうお二人にバレたんですね」

「それはそうですよ。あのミニグライドバイク、イルマ様以外の誰が造り出せるというのです」

「ま、まぁ、そうですね」

　陛下の一台とギルフォードさん達の二台は理解出来る。どんなカスタムをするか分からないけど、陛下がグライドバイクに乗っていたら魔馬《まば》じゃ追いかけられないからね。護衛が騎士団のトップ二人ってどうかと思うけど、だからと言って近衛騎士団全員の分を頼んでこないのはありがたい。

ボルトン辺境伯とロックフォード伯爵は仕方ないか。断れないよね。

「はぁ、分かりました。その程度の台数なら引き受けますよ」

「おお！　ありがとうございます！　断られていたら、王都に帰れないところでしたよ」

パペックさんが僕の手を握り、ぶんぶんと振って喜びを爆発させる。

「それで、陛下とギルフォードさん達のグライドバイクの仕様を教えてください」

「はい。勿論聞いてきていますよ」

まぁ、断られない前提なのだから、注文は聞いているよね。

陛下とギルフォードさん達のグライドバイクに対する注文は、まずは最低でも大人二人が乗れる大きさが望ましいという事。

次の要望は、魔馬の全速力よりも速いスピードが欲しいとの事。

これは、もし仮に襲撃者に襲われたとしても、逃げ切れる速さが必要という事らしい。

他にも、魔法や矢から身を守る結界と、威力《いりょく》はそれほどいらないが、牽制《けんせい》程度の攻撃手段。

これも問題ない。陛下が乗るならもしもの時のための結界は必須だろうし、逃げるにしても攻撃手段はあった方がいい。

「それと陛下のものと、ロックフォード伯爵のものには、王妃様やローズ夫人がご一緒出来る工夫が可能かと聞かれたのですが……」

「そうですね……なら、バイクの横に人が一人乗れるバスケットのようなものを繋げられるようにしますよ」

「おお、それはいいですね」

要はサイドカーだ。

王族や貴族のご婦人はズボンなんてはかないだろうし、バイクの後ろに横座りで乗るのは危険だ。

それなら普通に座れるサイドカーがいいだろう。

「デザイン案と細かな仕様が決まったらパペックさんに渡せばいいですか？」

「はい。それでお願いします」

肩の荷が下りたパペックさんは、一旦ウェッジフォートの店へと戻るらしい。

僕がデザインを描き終える頃に戻ってくると言い残して、帰っていった。

パペックさん、元気だよなぁ。

商売している時が一番楽しそうだからいいのかな。

そういえば、報酬の話をしていなかったけど、王家や高位貴族だから、少々高くても大丈夫か。

29　聖域騎士団からの発注

結局、グライドバイクの大人用、低速仕様の注文を受ける事になり、それぞれの希望に合わせたバイクを設計した。値段はパペックさんにお任せだ。

それはいいんだけど、あのあと聖域騎士団の団長であるガラハットさんから要望があった。

「はぁ、ガラハットさんもですか」

「うむ。今の騎士団では、従魔を騎馬や騎獣にしておる。それは問題ないんじゃが、魔物も生き物じゃからな、イルマ殿の造ったぐらいどばいくとか言うたか、魔力だけで動き、小回りの利く乗り物は一定数欲しいんじゃ」

「なるほど……騎馬隊を減らすわけじゃないんですよね？」

「ああ、ちょっとした巡回に、緊急時の出動など、使える場面は多かろう」

パペックさんを経由して、バーキラ王国に数台販売したので、それでガラハットさんも欲しがったのかと思ったけど、普通にちゃんとした理由があった。

「確かにそれはそうですね……」

今の聖域騎士団の騎馬部隊は、定期的に未開地で魔物の駆除《くじょ》をしているので、騎馬や騎獣である従魔もレベルアップし、進化した個体も少なくない。

戦力としての騎馬部隊とは別にとガラハットさんが言うのは、そういった理由からだ。

「どうじゃろう。部隊単位での乗り物はイルマ殿のお陰で種類も数も十分なんじゃが、騎士団にも……」

「分かりました。確かに、あると便利ですね」

「おお！　造ってもらえるか！」

「はい。じゃあ、早速、仕様を決めてしまいましょう」

「了解じゃ」

それからガラハットさんと、騎士団用のグライドバイクに盛り込む仕様を決めていった。

ガラハットさん曰く、巡回と緊急時の出動に対応出来るバイクであればいいので、武装はなくても大丈夫だと言う。

「基本は一人乗りで、一応タンデム、二人乗れるようにしましょうか」

「うむ、二人乗りで良かったという場合があるかもしれんしな」

普段は一人乗りで運用するとしても、二人乗りにしておく意味はあるな。

「外装のデザインは、イルマ殿のぐらいどばいくよりも頑丈さを重視で頼みたい」

「そうですね。頑丈さは重要ですよね」

「うむ。いざという時に、故障すると困る。魔馬ならポーションで治せるが、イルマ殿の造ったものは儂らでは直せんからな」

基本的に、僕の造ったグライドバイクは、自動修復をエンチャントしてあるし、他にも素材にこだわっているので丈夫だ。普通の使い方なら故障する事はないと思う。

だけど騎士団が使うなら、荒い使い方をしてもびくともしないグライドバイクじゃないとダメだな。

僕かレーヴァしか修理出来ないのに、度々故障しては騎士団の備品としては失格だ。

「了解です。フレームから外装まで見直して強化してみます。それで本当に武装は必要ないんですか？」

「うむ、あるに越した事はないが、複雑になると故障の元じゃ。いざという時に使えないでは隊員が動揺するからの」

ガラハットさんの要望をまとめると、聖域騎士団用のグライドバイクは、スピードと高度は僕のものよりも少し落ちるものの、その分頑丈さを重視したものとなった。

スピードを僕のグライドバイクよりも控えめにしたのは、身体能力の高い騎士団でも僕のグライドバイクのスピードは扱いきれないと、ガラハットさんが判断したからだ。

高度も高く飛ぶような使い方をしないので必要ないとの事。

確かにフレームから外装から頑丈にするので重くなる。スピードと高度を控えめにしないと、魔力の燃費が悪くなり、騎士団で使いづらい。

ただ、さて造ろうという段階になると、この頑丈で少々無茶な使い方をしても平気なものを、というのは難しかった。

フレームや外装を単に硬い素材に変更すればいいというわけじゃない。

グライドバイクは接地していないので、振動をフレームが吸収する必要はないけど、急制動や急発進、急転回に耐えるため、しなやかである必要はある。

今の僕のグライドバイクには、フレームに自動修復をエンチャントしたミスリル合金を使っているので、金属疲労で壊れたり、少々の事で歪んだりする事はない。

でも、それよりも頑丈にとなるとなぁ。

結局、ミスリル合金を何種類も試作して実験を繰り返すハメになった。

レーヴァは、良いデータが取れると喜んでいたけどね。

外装はアダマンタイト合金に変更。このまま突撃しても、オークキングくらい轢《ひ》き殺せるんじゃないかな。

武装しない代わりに、自分達が使う武器や道具を収納する機能をつけておいた。

各種ポーション類や、野営用の道具などを収納出来るマジックバッグ機能だ。

必要な台数は九台。

とりあえずスリーマンセルで、三チーム編制にすると言っていた。

実際に運用してみて、想定以上に使えそうならば、同じくらいの数を再発注するらしい。

白バイやパトカーみたいに、パトランプをつけましょうか？　って聞いたんだけど、ガラハットさんにパトランプが通じるわけもなく、説明してもいらないと言われた。

まあ、そうだよね。他に車もバイクも走っていないのに、サイレンやランプはいらないか。

30　凶悪なバイク

ガラハットさんの発注したグライドバイクは、いくつかのバリエーションを用意する事になった。

フレームは共通で、外装も基本的には同じだけど、九台のうち三台にはサイドカーをつける事になった。

これはロボス王のように身内を乗せるわけではなく、緊急出動時に要救助者を乗せたり、魔法師団の人間を乗せて攻撃や防御を任せたりするためらしい。

攻撃や防御なら、そんな兵装を取りつけましょうか？　って聞いたんだけど、それは必要ないと言われた。

戦闘を主とする場合は、今の騎馬や騎獣の方がいいらしい。

うちの騎士団がテイムしている騎馬や騎獣は強いもんね。ツバキほどじゃないけど。

しかも騎士は相棒の騎馬や騎獣となら意思疎通《いしそつう》が可能だから、表現が合っているか分からないけど、人馬一体の動きをする。だから、グライドバイクのように操縦に気を取られる事はない。

そういう理由もあって、今回聖域騎士団で使うグライドバイクについて、ガラハットさんからは、とにかく頑丈で故障しなければいいと言われているんだ。

でもそう言われると、相手の望む以上のものに仕上げたいよね。

早速、ベースは僕のグライドバイクを参考にして、色々と変更していこう。

フレームは素材から何種類も試作して選んだアダマンタイト合金。フレーム自体も太くしたので、強度はかなりのものだと思う。

その他は、基本的に僕のグライドバイクと共通の部品を使っているから作るのは早い。

全部を一度に錬成してしまうのが楽なんだけど、造りながら色々と考えたいから、フレームや外装、各種部品ごとに錬成する方法をとっている。

二台目からは、まるごと錬成するんだけどね。

外装の素材もアダマンタイト合金だが、フレームのものとは性質が少し違う。

フレームは靭性が高くなるように合金を作ったけど、外装はより硬くしてある。

勿論靭性が高くないと脆《もろ》くなるから、その辺のバランスを変えているって感じかな。

外装のデザインは、僕のよりも大型化してある。

前後からの防御力を高めるために、カウル部分や後方部分を大きくして搭乗者の体をカバーするんだ。

お陰で、僕のグライドバイクよりもかなり重くなってしまった。

その分、燃費改善のために、大きめの魔石が必要だったけど、魔石はいっぱい持っている。

九台分くらい何でもない。なんなら錬金術で合成して作れるしね。

部分ごとに錬成しては組み込み、不具合を見つけては修正しながら作り上げていく。

こうやって手作業があるものを作ってる感じが強くて良いね。

そして完成した騎士団用のグライドバイク。

「……ちょっとイカツイかな」

「いや、かなりイカツイでありますよ」

完成したバイクを前に感想を呟くと、レーヴァからもっともなツッコミが入った。

僕のグライドバイクよりも一回り以上大きくなった車体は、外装のデザインもあって威圧感が凄い。

塗装を自衛隊や各国の軍用車両、重火器に採用されているオリーブドラブにしたせいもあるんだろうな。

因《ちな》みにこの塗装に使われている塗料には、竜の鱗を粉末にして練り込んであるので、エンチャントと合わせて魔法攻撃にも強くなっている。


こうして見た目がかなりイカツくなってしまったんだけど、発注者はかなり満足したみたいだ。

「ガッハッハッハッ！　これは武骨《ぶこつ》で強そうな見た目ですなぁ！　我が騎士団に相応《ふさわ》しいですぞ！」

「うおっ！　凄《すげ》えなぁ！」

「漢《おとこ》が乗るに相応しい」

「そ、それならよかった……」

今日は最初の一台が完成したので、修正希望なんかを聞くためにガラハットさんを呼んでチェックをお願いしていた。

そこに、元冒険者パーティー『獅子の牙』のライルさんとヒースさんも来ていた。

ライルさんは騎士になっても態度や言葉遣いが変わらないな。聖域騎士団はアットホームな雰囲気だからまだ許されているけど、国や貴族家の騎士団なら採用されていないんじゃないか？

「イルマ殿、これで進めてもらって何も問題ないですぞ」

「わ、分かりました。じゃあ、これを九台ですね」

ガラハットさんからＯＫをもらったので、あとは素材を用意して錬成するだけだ。

「なぁなぁタクミ、これって試乗出来ねぇのか？」

「ああ、一度乗ってみたいな」

テンション高くバイクを見ていたライルさんが言い出すと、ヒースさんも頷いた。

「ええ、少しなら大丈夫ですよ」

「ヤッタァ！　俺一番！」

僕も実際に使う人に試乗してもらうのはありがたいので許可すると、ライルさんは飛び上がって喜んだ。

本当にライルさんは相変わらずだな。初めて会った頃から変わらない。でもそれがライルさんらしくて嬉しくなる。

立場が変わっても変わらない人間関係っていいものだね。

31　試乗会

聖域の中にも広いスペースはたくさんあるけど、今回は聖域を出て未開地で騎士団用グライドバイク試乗会を行う事にした。

試乗会は、ガラハットさん以外にヒースさん、ライルさん、ボガさんの三人にお願いした。

騎士団の中で一番古い付き合いの三人なら僕に対する遠慮もないから、率直な意見や感想が聞けるだろう。

ここにはとりあえず三台のバイクを持ってきている。

ベーシックなタイプが一台と、それにサイドカーをつけたタイプが一台、サイドカーの代わりに法撃用のマナカノン砲を装備した一台だ。

最後の奴は、基本的に攻撃手段を搭載していない騎士団用グライドバイクに、後付けで攻撃手段を用意したもの。用途は戦闘じゃないから、外すかもしれないけどね。

「最初はスピードを抑え気味でお願いしますね」

「うむ、了解じゃ」

操縦方法をレクチャーした後、ガラハットさんがベーシックタイプに跨る。

「じゃあ、俺達も試乗するぜ」

「サイドカータイプはバランスに気を付けてくださいね」

「了解、了解。任せとけって」

ジャンケンに負けたボガさんがサイドカーに乗り、グライドバイクのハンドルをライルさんが握る。

そして最後の武装型グライドバイクにヒースさんが跨った。

「俺はこの武装のテストもすればいいんだな？」

「はい。ターゲットスコープと連動して攻撃対象を狙えるようになってるはずです。操縦しながらの操作になるので、使い勝手なんかを確かめてください」

「了解」

「では行くぞ！」

ガラハットさんの声をきっかけに、彼が跨るグライドバイクが地面から浮き上がり、スルスルと滑るように走り始める。

僕のグライドバイクよりも大きく重装甲なそれがスピードを上げていく。

「じゃあ、俺達も行くぜ！」

「……」

ライルさんとボガさんの乗ったグライドバイクもテストを始める。

この二人には、サイドカーの影響がどれだけあるのか、操縦時に不具合がないかを確認してもらう。

「じゃあ、俺は皆んなとは少し離れた場所でテストするぞ」

「お願いします」

最後にヒースさんが、ガラハットさんとライルさん、ボガさんとは少し離れた場所へとゆっくり向かった。

武装自体はそれほど強力なものじゃないが、それでもオーガ程度なら倒せる威力はあるからね。

近くに人がいない場所でテストしてもらおう。

それからしばらく経ち――

遠くで法撃の着弾音が響く中、ガラハットさんの乗るグライドバイクが戻ってきた。

「ガッハッハッハッ！　いいぞイルマ殿！　重厚なボディとは裏腹に、スムーズな乗り心地！　騎馬とは違った楽しさがある！」

ガラハットさんは、もの凄く上機嫌だ。

今回の騎士団用のグライドバイクは大きく重いけど、浮きながら滑るように走るから、乗り手にストレスがないいんだろうね。

スピードにしても、僕のバイクよりも遅いものの、この世界の乗り物の中では速い部類だからね。

「よ、よかったです。修正したい部分はありますか？」

「では、儂はもう一周りしてくる」

「えっ……」

僕の言葉をスルーしたガラハットさんは止める間もなく急加速し、走り去ってしまった。

そんなやり取りの間も、ヒースさんが乗るバイクが放つ法撃の着弾音が響き続けていた。

また、ライルさんの奇声も時々聞こえてくる。


その日の試乗会が終わったのは、それから三時間経ってからだった。

「ガッハッハッハッ！　長い時間乗っても疲れにくい、良い乗り物じゃ！」

「なあタクミ、これっ、もっとスピード出せないか？」

「……」

「タクミ、法撃の種類を増やせないか？」

戻ってきたガラハットさん、ライルさん、ボガさん、ヒースさんが、ジト目で見つめる僕の視線を気にする事もなく、それぞれ好き放題感想を言った。いや、ボガさんは黙っているだけか。

「そんなにスピードは必要ありません。法撃も戦闘が主目的じゃないので増やしません」

「「ええー！」」

ライルさんとヒースさんのブーイングは無視だ、無視。

ガラハットさんに、これでとりあえず納品という事で書類にサインをもらう。

このグライドバイクは、聖域騎士団の備品なので、騎士団が購入する形になる。

騎士団に割り当てられる聖域の予算の大部分は、僕達が作ったものや聖域の特産品、お酒を売ったりした売り上げだ。聖域の住民で収入を得ている人は、他と比べると考えられないくらいに安いが、一応税金を収めているので、それも財源になる。

まあ、資金の管理は文官娘達が仕切ってるから、詳細は僕もよくわからないんだけど。

試乗会が成功に終わり、聖域の家に戻った僕を待っていたのは、プリプリと怒っているカエデだった。

「ど、どうしたのカエデ？」

「マスター！　カエデも浮くヤツが欲しいの！」

「へっ、グライドバイクが欲しいのかい？」

「そう！　カエデ専用が欲しいの！」

どうやら僕達が楽しげにバイクで遊んでいるのが気に入らなかったみたいだね。

普段から子供達の遊び相手をしてくれているカエデのお願いなら、断る理由はない。

「えっと、カエデ専用のバイクを造ればいい？」

「そうなの！　赤くて三倍速いの！」

「いや、どうしてカエデがそのネタを知ってるんだ……まあそれは置いといて、カエデ専用のを造ってあげるよ」

「わーい！　マスター大好き！」

カエデはピョンピョン跳ねて喜び、そのまま何処かに行ってしまった。

皆んなに自慢しに行ったんだろうな。

その後、カエデ専用機を造ったんだけど、下半身が蜘蛛《くも》でも乗れるように、大幅にデザインを変更する必要があり、何気に大変だったよ。

32　指名依頼

その日、僕は久しぶりにボルトンの街に来ていた。

この街には、最初に手に入れた屋敷があるし、パペック商会や冒険者ギルドへの納品もあるのでたまに来てはいる。

だけど、最近は納品関係もレーヴァに任せていたので、僕が来るのは二ヶ月ぶりくらいかな。

ボルトンの屋敷と王都、ウェッジフォートの屋敷や拠点は聖域と転移ゲートで繋げてあるので、行き来するのは一瞬だし、僕と少人数ならゲートがなくても転移出来る。

ゲートのお陰で、レーヴァだけじゃなくメイド達や、うちの文官娘達も頻繁に王都やボルトン、ウェッジフォートを訪れている。

そして、各屋敷や拠点には交代でメイドが常駐しているのだ。

今回はボルトンの屋敷に冒険者ギルドのギルドマスター、バラックさんから一度顔を出せと言伝《ことづて》があった。

一応、僕は今でも冒険者ギルドボルトン支部の所属だ。グライドバイクの製作も一段落ついたので、とりあえずボルトンへとやって来た次第である。

パーティーメンバーであるソフィア、マリア、マーニの三人は、もう直ぐ出産なので当然お留守番。今日のお供はレーヴァとカエデ、そして亜空間にタイタンと、何があっても対応出来る布陣だ。

冒険者ギルドに入ると、以前よりも活気があるのが分かる。

ウェッジフォートやバロルの街が栄えたので、そこに向かう商隊の護衛依頼が増えたのが一番の理由だけど、ボルトンの街自体が大きくなり、人口が増えているっていうのもあるんだろうね。

ギルドを見回していると、直ぐにギルド職員のハンスさんが僕達を見つけて手招きする。

「タクミ君、こっち、こっち」

「あ、ハンスさん、お久しぶりです」

「うん、久しぶりだね。ギルマスの部屋に案内するよ」

ハンスさんとは、僕が冒険者として登録した時からの知り合いなので、それなりに長い付き合いになる。

ギルドマスターの部屋の前まで着くと、ハンスさんがドアをノックする。

「ギルマス、タクミ君が来てくれました」

「おう、入れ」

中からバラックさんの声が聞こえ、ハンスさんがドアを開いて僕達を招き入れる。

「おう、随分とご無沙汰《ぶさた》じゃねぇか。もうちょっと顔を出せよ」

「お久しぶりです、バラックさん」

「ああ、とにかく座れ」

バラックさんは机いっぱいに置かれた書類と格闘していたみたいだ。

僕達はハンスさんに促されてソファーに座り、バラックさんの手が空くのを待った。

数分後、バラックさんが僕達の対面にドカッと座る。

「お忙しいみたいですね」

「ああ、ほんと、街が発展するのも考えもんだな。仕事が増えて忙しいったらねぇぜ」

「大変そうですね」

僕が疲れた表情のバラックさんを労《ねぎら》うと、ハンスさんが冷たく突き放す。

「同情する必要はありませんよ。普段仕事をさぼるから、皺寄《しわよ》せが一度に来るのです。自業自得ですね」

「グッ……」

どうやら事実のようで、バラックさんは言葉を詰まらせた。

相変わらずだな、この二人。

さて、とりあえず日の呼び出しの理由を聞こう。

「それで、僕に用って何ですか？」

「お、おお、それだ。実はな、タクミに国から指名依頼だ」

「バーキラ王国からですか？」

「ああ。タクミは一応うちのギルド所属だからな。窓口はうちでって事だ」

話は久しぶりの指名依頼。冒険者としての仕事だった。しかも依頼人はバーキラ王国。まったくどんな依頼なのか想像出来ないな。

僕が首を傾げていると、ハンスさんがバラックさんの代わりに口を開く。

「私から説明しますね。タクミ君も関係者なので、旧シドニア神皇国が現状、分割統治されているのは知ってるね？」

「はい。今はバーキラ王国とロマリア王国とで二分割しているんでしたっけ」

「そう、いきなりあそこまで疲弊《ひへい》しきった土地を領土に組み込んでも、我が国もロマリア王国も、負担でしかないからね。理想はあそこが自立してくれる事なんだけど、なかなか難しい」

復興の資金や食料は三ヶ国同盟だけじゃなく、ノムストル王国やサマンドール王国も援助しているが、黒い魔物の氾濫で荒れ果てた土地を引き受けるのは、何処の国にとっても負担だ。

旧シドニアは、面積としては大きくはないものの、それでもそれなりの国土があった。

本当は、直接国境を接していないバーキラ王国が、半分とはいえ統治するのはどうかと思うけどね。

間に山脈を挟むノムストル王国は抜きにしても、がめついサマンドール王国や大陸の火薬庫トリアリア王国が手を出してこないくらい、よっぽど酷い状況なんだろうな。

まあ、トリアリア王国は、そこそこ復興すれば野心剥き出しに侵攻してくるかもだけど。

ただ、旧シドニアの事だと言われても、どんな依頼なのかピンと来ない。小さいとはいえ、一冒険者がどうこうする話じゃないからね。

魔物の討伐なら分かりやすくていいんだけど、そんな簡単な依頼じゃないんだろうなぁ……

またあの地へ行かなきゃいけないのかな。

僕としても、あそこは色々と因縁《いんねん》のある土地だ。勇者召喚に始まり、同郷の勇者との戦いから邪精霊《じゃせいれい》との戦い。そして生きているだけで死を振《ふ》り撒《ま》く悲劇の存在、バールが引き起こした黒い魔物の氾濫と、悪い意味でもっとも印象深い場所だと言える。

そう思っていると、ハンスさんが今回の依頼の詳細を説明する。

「タクミ君は、聖域で農業にも携わっているよね。他にも色んな場所で農地の開拓に活躍してたと思うんだけど、今回の依頼は旧シドニアでの農業についてなんだよ」

「えっと、農業って言われても、凄く大雑把《おおざっぱ》なんですけど……」

黒い魔物の氾濫で荒れた土地の復興は僕も多少は手伝ったんだけどなぁ。

「ああ、勿論、タクミ君に何もかも頼るって話じゃないんだ。実は、旧シドニア全土の農地で共通の問題が起きているんだよ」

「共通の問題ですか？」

どうやら僕への依頼は、問題の原因究明と出来ればその解決みたいだ。

とりあえずその問題とやらを聞くと……

「実は旧シドニアで農作物がまともに育たないんだよ」

「えっと、それは小麦がですか？」

「いや、全てだよ。小麦だけじゃなく葉物野菜や根菜、荒地でも育つ芋《いも》類もさ」

「……確かにおかしいですね」

気候的な問題で不作ならバーキラ王国やロマリア王国でも起こるはずだけど、そんな話は聞いていない。旧シドニアだけピンポイントに作物が育たないとなると、気候以外の原因があるんだろうな。

それに一つの種類の作物が育ちにくいのなら、農地の性質が極端に偏《かたよ》っていた可能性もあるが、そんな事は僕なんかより農家の人達が気付くはずだしね。

うん。確かに早急に調査はした方がいい。

「今のところバーキラ王国やロマリア王国、サマンドール王国からの食糧援助で何とかなっているけど、永遠に援助し続けるのは流石に各国も難しいからね」

「でしょうね。人口が激減したとはいえ、一つの国をまるごと支えるなんて無理があります」

僕が考え込んでいると、それまで黙《だま》ってハンスさんに説明を投げていたバラックさんが口を開く。

「そこでタクミの出番ってわけだ。何故ならタクミには、大精霊様という最強の味方がいる。土の大精霊ノーム様や、植物に関してはドリュアス様。水が原因ならウィンディーネ様、他の原因だとしても、シルフ様、セレネー様、ニュクス様にサラマンダー様がいれば、分からない事はないだろう」

「いや、それはそうかもしれませんけど……」

確かに皆んながいれば、何とかなりそうだが、きっとあとで色々とこき使われるだろうな。

まぁ、僕が大精霊達に振り回されるのはいつもの事か。

「分かりました。この依頼、引き受けさせてもらいます。解決出来るかは分かりませんが、原因の究明は可能だと思います」

「おお、助かったぞ。これで陛下も安心するだろう」

バラックさんはホッとしたのか、ボソッと「陛下」というワードをこぼした。ああ、そういえばバーキラ王国からの依頼だと最初に言っていたな。

「陛下ですか？」

僕が尋ねると、ハンスさんとバラックさんが頷く。

「ええ、今回の依頼はバーキラ王国とロマリア王国から、共同での依頼ですから」

「たくさんの国が関わっている旧シドニアの復興なんだ。タクミの所属がボルトン支部だったって事で、俺達は本当にただの窓口になっただけだ」

「そう言っていましたね」

旧シドニアを分割しての復興事業は、バーキラ王国とロマリア王国の二ヶ国により行われているので、共同の依頼なのは当たり前か。

「因みに期限はありますか？」

「いえ、出来る限り早いのが理想ですが、期限はありません。それと大事な話を忘れてました。報酬ですが、依頼の達成状況に応じて増減する特殊な形になります」

「おう、タクミには悪いが、原因究明。解決方法を見つける。実際に解決する。その三段階で報酬内容を変えさせてくれ」

ハンスさんとバラックさんの言葉に頷く。

「僕はそれで大丈夫です」

「すみませんね。国も余裕があるわけじゃなさそうなので」

普通、冒険者ギルドの依頼は、達成かそうでないかだからね。まあ、それだけ難しい依頼って事だろう。僕に指名依頼を出す前に、国も色々と調べているはずだし。

とりあえず一旦聖域に戻り、ソフィア達に報告しておかないとね。

33　呪い

「……これは酷いね」

僕はレーヴァとアカネ、ルルちゃんとシドニア神皇国跡地の農地に来ていた。

復興に際して綺麗《きれい》に整えられた農地には、麦が植えられているが、その生育は芳《かんば》しくない。

「タクミ様、土に僅かに瘴気《しょうき》が含まれているであります」

「本当ね。でもおかしいわね」

「おかしいニャ。タクミ様が念入りに浄化したはずだニャ」

農地の土を手に取ったレーヴァ、アカネ、ルルちゃんが首を傾げる。ルルちゃんが言ったように、ここの復興を始める時に、僕は土地を浄化した。

黒い魔物が氾濫《はんらん》した際、大規模な聖域結界《サンクチュアリィフィールド》を展開したのだ。それなのに、農作物の成育に影響が出るほど瘴気が残るなんて……

でも、その程度で麦の生育が阻害されるのはおかしい。

実はこの旧シドニアの土地は、邪精霊の乱に始まり、その後のバールによる黒い魔物氾濫で、ちょっとした魔境かというくらいに、魔素の濃い土地になっていた。

瘴気はともかく、濃い魔素は農作物の生育にプラスになるはずなんだけど、ここでは良い方に働いていないみたいだ。

「浄化した土地で農作物が育たないのはおかしいけど、この程度の瘴気で魔素が濃い土地がこんな酷い状態になるのも変だな」

「聞いた話によると、最初はどちらかというと麦の生育は順調だったそうよ」

「うーん……」

アカネの話を聞いて、いっそう分からなくなる。これは僕じゃお手上げだな。

農地をもう一度浄化するのは時間と手間がかかるけど問題ない。だけど、それじゃあ一時凌《しの》ぎになりそうなんだよな。

「なら、ここはお姉ちゃんの出番ね」

「ふむ、肥料は足りているようじゃな」

「瘴気も普通なら気にする必要もないレベルよ」

「ウワッ！　もう、いきなり背後に現れないでよ」

僕の気配察知など関係なく突然現れたのは、植物を司《つかさど》る大精霊のドリュアス、土の大精霊ノーム、光の大精霊セレネーだ。

そしてもう一人、普段は聖域に引《ひ》き籠《こ》もって出てくる事のない闇の大精霊ニュクスもいた。

「……これは呪《のろ》い」

「呪い？」

ニュクスがボソリと呟いたワードに首を傾げる。

「……そう、この土地には呪詛《じゅそ》がかけられている」

「……呪詛」

本来ならある程度の呪詛も浄化魔法で対処出来るはずで、僕が旧シドニア全土を浄化した時に解呪されているはずなんだ。

それにもかかわらず、この土地にジワジワと瘴気が滲《にじ》み出て、麦の生育が阻害されているとなると、その呪詛は根深いものなんだろう。

この瘴気は呪いの副産物なのかもしれないな。

「ねえニュクス。この呪詛を解呪出来るかな？」

「……私かセレネーなら簡単。でもタクミにも出来る方法はある。私はそっちをお勧め」

「えっと、簡単な方じゃダメなの？」

そう尋ねると、セレネーとドリュアスが呆れたように言う。

「聖域は別だけど、基本的に大精霊の私達は人間の頼みなんて聞かないのよ」

「タクミちゃんのお願いなら、お姉ちゃんは何でも聞いてあげるけどぉ、タクミちゃんが出来る事なら自分でするべきよねぇ」

「そ、そうだよね」

僕が出来る事なら、僕の仕事なんだから自分でやれと言われてしまった。

まったくもってその通りだ。

「……呪詛の理由は分かってるでしょ。その起点となる場所に、ノルン様の教会を建てればいい」

「その後に土地の浄化をもう一度すれば大丈夫なはずよ」

ニュクスとセレネーの説明の後、僕は聞き返す。

「ノルン様の教会？」

「……そう、この世界に対する呪いをゆっくりと癒《いや》してくれる」

「この世界への呪い……」

呪詛と聞いた時から分かっていたけど、やっぱりこれはバールの呪いだったんだな。

望まず悪意により生み出され、そこに在るだけで世界に対して悪影響しかもたらさない歪《いびつ》なものとして生を受けたバール。

そして自身を否定し、一国を巻き込んで派手な自殺を決行した哀《かな》しき存在。

「ノルン様の教会を建てて、神官が日々祈るだけでゆっくりと呪いは消えていくわ。その後、タクミがもう一度浄化して回れば、農作物の生育も普通に戻ると思うわ」

「……場合によっては、何度か浄化する必要があるかも」

セレネーとニュクスから解決方法を教えてもらったし、あとは行動するだけだな。

ただ、まずギルドに報告だ。

僕の土地でもないのに無断で教会を建てるなんて出来ないからね。

それと実は、この旧シドニアの土地にもノルン様を信仰する創世教《そうせいきょう》の教会は建設中らしいが、この呪詛に関しては、僕がノルン様の像を造る事に意味があるみたい。

さて、とにかく、バラックさんのところに行こう。

34　教会建設計画

「……なるほど、呪いか」

「それは厄介ですね」

ボルトンの冒険者ギルドに戻った僕は、バラックさんとハンスさんに報告していた。

セレネーやニュクスから聞いた農作物不作の原因を伝えると、二人は顔をしかめる。

個人に対する呪いなら、まだ対処は比較的簡単なんだけど、一国に対する呪いなんて例がないみたいだからね。

しかも、その呪いの原因となったバールは既にこの世にはいない。

セレネーとニュクスの話によると、生者の呪いよりも、死者の呪いの方が厄介なんだそうだ。

しかも、バールのその特殊な成り立ちが強い呪詛に繋がっている。

「それで、大精霊様は教会を建てればいいと仰っているんだな」

「正確には、ノルン様の女神像が必要らしいです」

「まあ、教会にはノルン様の像はセットだから、同じ事だ」

原因とその対処法が分かったので、あとは女神像とその器となる教会を建てればいい。それをバラックさんに聞くと、話はそう簡単なものじゃないみたいだ。

「タクミも知ってると思うが、あそこは二国で分割統治しているうえ、復興支援は同盟三ヶ国が主導しているんだ」

「ええ、そうですね」

「で、タクミが教会を建てろって言ってる場所は、バーキラ王国の管轄ではあるんだが、呪いによる農作物の不作は、旧シドニア全土だ」

「ああ、ロマリア王国とユグル王国にも報告が必要なんですね」

「ああ、報告だけじゃなく、教会の建設も合同事業になるだろうな」

バラックさん曰く、旧シドニア神皇国には創世教の教会は一つも存在しなかった。創世教を信仰する者もいなかったので当たり前なんだけどね。

そこに多くの移民が増えて、やっと創世教の教会の建設も始まったばかりらしい。

それは先ほど大精霊達にも聞いたが、神光教《しんこうきょう》とは違い、創世教の教会組織には潤沢《じゅんたく》な資金力はないそうで、各国の貴族や豪商の寄付で教会の建設が行われるそうだ。

「教会も余裕があるわけじゃないからな」

「そうでしたね。確か創世教の教会は、基本的にほぼ寄付で運営されてるんでしたっけ」

「ああ、中には酒造で資金調達している教会もあるが、神光教とは違い回復魔法でぼったくらないからな」

創世教にお金がないのなら、余計に僕が教会を建てた方がいいと思うんだけどな。

バラックさんからはひとまず五日後にまたギルドに来てほしいと言われ、その日は解散した。

そして五日後、冒険者ギルドの会議室にて――

「ある程度大きな街には創世教の教会を建てる事になった」

「へぇ、それは国主導でですか？」

「ああ、勿論教会も協力するが、教会の建物は三ヶ国で用意する事になる」

バラックさんが頷いて言った。

国が宗教組織に肩入れしすぎているようにも思えるけど、ノルン様の存在が身近な世界で、創世の女神を信仰する組織への援助を国がするのはおかしな事ではないか。

「それで、タクミに頼みたいのは、例の場所に建てる教会と女神像。それと三ヶ国が建てる教会にもタクミの造った女神像を設置したい」

「本当は各村々にも、小さくてもいいから教会が欲しいんだけどね。それはまあ、追い追いかな」

バラックさんとハンスさんからの新たな依頼は、やっぱり教会の建設だった。

それに加えて三ヶ国が建てる教会用の女神像。

確かに現状、ノルン様の姿を一番忠実に再現出来るのは僕かもしれないけどね。なんたって、実際に会ってるから。

「バラックさん、一ついいですか？」

「ん、なんだ？」

この指名依頼を受けるのは問題ないんだけど、一つだけ確認しておきたい事がある。

「バールの生まれた場所。あの地に教会とノルン様の像を造って、呪いへの継続的な対処にするのは分かりましたけど、あの場所は更地になってますよね」

そう、黒い魔物の氾濫の震源地であり、バールが生み出された地は、街はほぼ瓦礫と化して人はいないはずだ。

「ああ、今回の教会建設に合わせて、街を再建する予定だ」

「……随分と大掛かりですね」

すると、ハンスさんが付け加える。

「教会が終わったら、タクミ君にも街の建設を手伝ってもらいたいんだけどね。ウェッジフォートを造ったタクミ君なら可能だろ。勿論、三ヶ国からの指名依頼という形になると思うよ」

「分かりました。それでノルン様の像はどのくらい造ればいいんですか？」

「その辺りは、もう少し待ってくれ。ハコの大きさで像のサイズも違うだろうしな」

「細かな指示は、バーキラ王国の担当者が現地でする事になるから」

バラックさんとハンスさんの答えを聞いて、僕は頷いた。

バーキラ王国の担当者が現地に入り、街の縄張りなどを決めてからが僕の仕事になる。

その間、教会やノルン様の像に使う材料の調達だな。

35　要望

女神像の素材をどうするか考えながら、僕はイメージを固めるために、以前自分が造った聖域の教会にある女神像を見に来ていた。

聖域の教会は、僕や聖域に住むドワーフとエルフの職人が協力して造ったものだ。

ウィンディーネ達大精霊の要望もあり、この建物はこの大陸でも一番のスケールになっている。

彫刻やステンドグラスで飾られた内装は、この世界には珍しいものだと思う。

教会に足を踏み入れるだけで空気が変わったように感じる。

ちょっと来ないうちに、教会の関係者らしき神官やシスターの人数が凄く増えている気がするのは僕の思い違いだろうか？

周辺の空き地には、今も建物の建設が続いている。

おかしいな。何だか創世教の総本山みたいな感じになっている気がする。

聖域の中の教会なので、間違っても腐敗する宗教関係者なんてないから、場所としては最高の立地なんだろうけど。

そんな事を考えつつ、ノルン様の像の前まで来る。

この教会にある女神像は、建物に合わせてかなり大きめだ。

今回建てる予定のシドニアの辺境の街があった場所には大きすぎるだろうね。

とにかく、女神像の確認の前に、まずは祈りをと目を瞑《つむ》ると、直ぐに頭に直接語りかける声が聞こえてきた。

（タクミ君、もっと頻繁に礼拝に来てもいいのよ）

（……その声は、やっぱりノルン様ですか。はぁ、まあ、直接降臨されるよりも目立たないからいいんですけどね）

語りかけてきたのは、僕をこの世界に転生させてくれた女神ノルン様だった。

（ちょうど良かった。ご相談がありまして……）

（シドニアの地の呪詛の件でしょう？　可哀想《かわいそう》な子でしたね。その誕生自体を歪められ、怨嗟を糧《かて》に成長すれば、世界を呪いたくもなるわね）

（あの後、シドニア全土に浄化を施したはずなんですが、どうやら根本的な解決にはなっていなかったみたいで）

（教会を建てて多くの人の祈りで持続的に土地を癒すのは正解よ。それに、全部の教会をタクミ君が建てないのもね）

（どういう事ですか？）

その言葉の意味が分からず、ノルン様に尋ねた。

（大精霊達が結界で護る聖域ならいざ知らず、今のタクミ君が造った私の像が小さな国にいくつも存在すると、それだけでどんな影響があるか分からないもの。勿論、悪い影響ではないと思うけ

どね）

（は、はぁ……）

僕がノルン様の像を造るくらいで、大袈裟なと思うが、わざわざノルン様が言うんだからそうなのかもしれない。

（忘れてるかもしれないけど、タクミ君は私の使徒みたいなものなのよ。私が創った器に魂を入れて加護を与えてるんだもの。そのタクミ君が私の像を造るんだからね）

（えっと、それならバールの生まれた廃教会の跡地に造る教会に、僕がノルン様の像を造るのはまずくないですか？）

（あそこは大丈夫よ。むしろタクミ君の造ったものじゃないと、祈りだけでは弱いわ）

（そうですか。ならいいんですが）

バールが生まれ、没《ぼっ》したあの場所は、僕が造らないとダメらしい。

（それでそこに造る私の像なんだけどね。大きさは教会のサイズに合わせるとして、素材の石は白くて美しいものにしてね。あと、慈愛《じあい》に満ちた微笑みと神の如きプロポーションをお願い）

（素材は色々と探してみますけど……）

神の如きプロポーションって……ノルン様は女神様だからね。

その後も衣装の細かなリクエストや、ポーズも指の形一つ一つまで要望があった。

（じゃあ、お願いねぇー！）

言いたい事を言うだけ言って、ノルン様からの念話？　いや、神託《しんたく》？　は一方的に終わった。

「はぁ、つ、疲れた」

その日はもう何もする気にならなかった。

しかも、ノルン様と僕が話している間、ノルン様の像と僕が光っていたらしく、教会にいた人達に詰め寄られて大変だった。

これが聖域じゃなかったら、あの程度じゃ済まなかっただろうね。

36 手作業が良いみたい

ノルン様からのアドバイスやリクエストがあった次の日、僕はノームに白い大理石のような石が採れる場所を教えてもらい、現場まで来ていた。

以前、行った事があれば転移で一瞬なんだけど、流石に訪れた事のない場所なので、久しぶりに飛空艇のウラノスに乗ってやって来た。

だいたいの場所を教えてもらっているので、あとは空から探す方が早いからね。

「マスター！　この石かなぁ！」

今日のお供をしてくれているカエデが大きな声で僕を呼ぶ。

「どれどれ、ああ、多分これだね」

「やったぁー！」

ここは未開地にある岩山の麓《ふもと》。ノームが言ったとおり、白い大理石みたいな石で岩山が構成されていた。

「さて、ヒビやキズのない大きめの石が採れそうな場所はっと……」

「カエデも探すねっ！」

「ありがとう、カエデ」

造るノルン様の像は一つだし、教会が大きくないから石もそれほど巨大なものは必要ない。

一応、予備に多めに持って帰るか。


さて、石材を採掘してやって来たのは、聖域にある僕の工房だ。

やっぱり、ここが一番落ち着いて作業出来るからね。

早速、工房の何もないスペースに、一塊《かたまり》の白い石材を取り出す。

大きさは僕の背よりも少し大きいくらい。

ノルン様から大きすぎないものをと言われているし、器となる教会もそれほど大きくはならない予定なので、人族の成人女性サイズで造ろうと思っている。

実際のノルン様の大きさなんて分からないけど、僕がこの世界に来る時に感じたのは常識的な人間サイズだった。

まあ、神様だから大きさなんて決まっていないのかもしれないけどね。

次に僕は、石を削る大小様々な大きさと形状のノミとハンマーを並べていく。

石像を造るだけなら、土魔法や錬金術でも可能だけど、今回のノルン様の像はそれじゃダメな気がする。

教会のシンボルとなる女神像は、何となく魂を込めて造らないといけない気がしたんだ。

まずは大まかに形を整えていく。

一度失敗しても、土魔法で元に戻せそうな気もするが、それは何か違うと思ったので、僕は慎重に何度もバランスを確かめながらノミとハンマーを振るう。

もともと木工細工スキルや金属細工スキル、大工スキルや鍛冶スキルが高かった僕は、聖域の教会を飾る彫刻を手伝ううちに石工のスキルも直ぐに高レベルになった。

お陰で今ではドワーフやエルフの職人に負けないくらいの技術を身につけている。

そういった技術を駆使して、魔法を使えばあっという間に完成する女神像を、コツコツと道具を換えながら彫刻していく。

慎重に作業したせいか、大まかに形を整えるのにほぼ一日使ってしまった。

衣装の流れるようなドレープを表現し、ポーズも実際にノルン様が見せてくれたものを再現する。

一番緊張したのはノルン様の表情だ。慈愛に満ちた表情って、どんなだろう？

ソフィア達が子供達を慈しむ表情が近いのかな？

色々考えながら彫り上げたノルン様の像を、一歩下がって眺《なが》める。

「……うん。いいと思うけど、何かワンポイント欲しいな」

完成した女神像は、白い大理石のような石材から造られているので、微妙な模様や濃淡はあれど、全身真っ白だ。

これも悪くないと思うけど、何か少し色が欲しい。

「アクセサリーで飾ろうか」

しばらく眺めて、ノルン様の像にネックレスやブレスレットをつける事にする。

シンプルなデザインなら邪魔にはならないだろうし、評判が悪いなら取ればいいからね。

僕はアイテムボックスから金や銀のインゴットを取り出し、それでアクセサリーを作っていく。

ペンダントトップに大粒の宝石をあしらい、少し幅広のブレスレットにも宝石を飾りつける。

下品にならない程度に、それでいて安っぽい感じにもならないように、高い金属細工スキルをフルに使って一気に作り上げる。

「よし！　完成だな」

アクセサリーを飾りつけたノルン様の像は、僕の満足のいく出来栄えだった。

台座を入れると見上げるような感じになるノルン様の像は、慈愛に満ちた表情……にしては、僕のノルン様の印象が出すぎたかもしれないが、いい感じだ。

「うん、ちょっとヤバイくらいの出来かもしれない」

なんだか完成した瞬間から、ちょっと神々《こうごう》しい雰囲気が滲み出ている気がするのは何故だろう……

37　小さくも神聖な地

僕は完成した女神像を設置する教会を建てるために、レーヴァを伴って哀しい激戦を繰り広げた地へと来ていた。

「……確かに、この世界への呪詛が感じられるね」

「タクミ様が念入りに浄化したはずの土地がこうなるなんて……改めて驚きであります」

黒い魔物の氾濫の中心地だったこの場所は、もともとシドニアの小さな辺境の街だったそうだ。

その街のはずれの廃教会で、バールは神光教の残党により生み出された。

その身に多くの魔物、動物、そして人間を取り込み、生まれ落ちた瞬間からこの世界にとって歪な存在だった。

そして行われた、この世界に対しての暴虐《ぼうぎゃく》という、バールに言わせれば派手な自殺により、この地は単純な浄化では対処出来ない呪われた土地になってしまったのだろう。

旧シドニアは、現在バーキラ王国、ロマリア王国、ユグル王国の三ヶ国同盟により、復興と再開発が行われている。

サマンドール王国とノムストル王国も協力しているが、溢れ出した黒い魔物の駆逐《くちく》と旧シドニアの人達の救助にあたった三ヶ国同盟が主導するのは当然だ。

しかし、その復興計画にこの街は含まれていない。

そのせいで、更地になった教会の跡以外は、全て瓦礫のまま残されていた。

勿論、亡くなった住民達の遺体は埋葬《まいそう》済みだけど、そもそもここではまともな遺体を見つけるのが難しかった。

「一応、浄化してから作業に移ろうか」

「そうでありますな。その方が気持ち良く作業出来るでありますよ」

レーヴァの返事に頷いて、僕は唱える。

「ピュリフィケーション！」

「おお！　これで何かやな感じがなくなったでありますよ」

教会跡を中心に浄化魔法を行使すると、スッと気持ちが楽になる。

この呪詛の厄介なところは、ごく弱い呪いがジワジワと土地を侵していくんだ。

そのせいで、農作物の生育に問題が出るまで気付くのが遅れた。

こうして浄化魔法を使うと、その差がハッキリと分かるけど、普通の人なら気付くのは難しいと思う。

「じゃあ、手分けして瓦礫を撤去《てっきょ》しちゃおうか」

「了解でありますよ」

僕とレーヴァは、錬金術を使って瓦礫を石材のブロックにする作業を始める。

この世界の住居は基本的に石造りだ。勿論、内装や柱には木材を使っているので、石材のブロックが錬成された後に、木材や金属などは残る。

だけど木に比べると、金属はかなり少ない。

それは瓦礫の中から金目のものや有用なものが持ち去られているからだ。

まあ、僕はその分楽になるからいいんだけどね。


小さな街とはいえ、この瓦礫の撤去が一番大変だった。

僕とレーヴァの二人プラス、タイタンのみで作業しているから仕方ないんだけどね。

タイタンには、僕とレーヴァが瓦礫を撤去した後の整地を頼んでいる。

「タクミ様、石材はここに置いておくであります」

「了解。教会を錬成するには十分だね」

そんなに大きな教会を建てるつもりはないので、比較的早い段階で材料となる石材ブロックは集まった。

当然ながら、教会も石材だけで出来ているわけじゃないので、ストックしてある木材やガラスの材料も積んでおく。

本当は、この瓦礫の中からガラスも回収出来ればよかったんだけど、旧シドニア神皇国は思ったよりも貧しかったようだ。

バーキラ王国やロマリア王国は勿論、ドワーフの国であるノムストル王国や、商人の国サマンドール王国も、普通に窓ガラスが存在する。

小さな農村や辺境の街では、いまだに板戸を使っている場所もあると思うが、この規模の街なら普通に窓ガラスくらいあるはずなんだよね。

きっと富が一極集中していたんだろう。皇都では派手で立派な教会があったもんな。

「さて、イメージを固めてっと……錬成！」

積み上げられた石材や木材を光が包み、白い石造りの教会が現れる。

幅五十センチで天井近くまである縦長のステンドグラスを嵌《は》め込んだ窓を複数設け、昼間は照明が必要ないくらい明るくなるようにした。

礼拝者用の椅子の設置や、ここで暮らす教会関係者用の設備も作らないといけないな。

一応、教会の敷地を大きく確保するため、外壁は広めにしておく。自給自足出来るよう畑のスペースも必要だ。あとは孤児院を併設する場合もあるかもしれないしね。

レーヴァに引き続き街の瓦礫撤去を任せ、僕は教会の仕上げに取りかかる。

辺境の小さな教会とはいえ、ノルン様の要望に可能な限り応えた女神像を設置するんだ。建物を飾る彫刻や内装もいい加減なものじゃイヤだしね。

38　出来が良すぎても……

それから少し経ち——

ゴーストタウンよりも酷いありさまだった瓦礫が散乱した街は綺麗に片付けられ、その瓦礫を材料に街の外壁が再建された。そして、悲劇と怨嗟の震源地となった神光教の教会跡地には、新しく創世教の教会が完成した。

細々とした彫刻や内装を仕上げて教会を出た僕が見たのは、少し離れたところで創世教会の神官達が言い争う光景だ。僕は外にいたレーヴァに尋ねる。

「何事？」

「タクミ様がノルン様からの神託で、ここの教会の女神像を造るって情報が漏れてたみたいでありますよ」

「ええ！　何処から漏れたの！」

「どうやら聖域の教会関係者かららしいであります」

「あ、ああ、聖域の教会関係者には知られてるよね……」

僕がノルン様の像を造る事が、何故創世教会の神官達が言い争う原因になるのかと言うと、実は聖域にある女神像を造ったのが僕だというのは、創世教会では広く知られているからだそうだ。

聖域の教会は、僕の結婚式の時なんかにノルン様が顕現《けんげん》した事もあって、いつの間にか創世教の総本山みたいな位置づけになっているらしい。

そういう経緯があり、今回ノルン様からの神託を受けて僕が造った女神像と、それを安置する教会は特別な存在になるので、何処の国の誰が管理するかで揉めているとの事。

まあ、自分で造っておいて何だけど、ノルン様の像、確かにやたら神々しい感じなんだよな。教会に女神像を安置した瞬間から、この地を起点にした根深い呪詛は一切感じないもの。

「ここは是非、我らロマリア支部にお任せいただきたい」

「いやいや、ただでさえサマンドール支部は聖域の総本山から遠く不遇なのです。ここは是非とも我らサマンドール支部にお任せを」

「いや、ここをお造りたもうた聖人イルマ様は、バーキラ王国の所属です。ここはバーキラ支部が管理するのが筋ではないでしょうか？」

ワイワイと自分達の主張を言い合っている。誰も譲るつもりはないみたいだけど……

「喧嘩している感じじゃないね」

「創世教会の神職の皆さんは、まともな人が多いのであります。そこは神光教会と比べちゃ可哀想であります」

「そりゃそうか」

創世教会にも腐敗した神官はいるだろう。だけど、その数はとても少ないらしい。

その理由は簡単なもので、創世教の神職が腐敗などした日には、ノルン様から全ての創世教会に神託が下され、その神職は断罪されるそうだ。

まあ、断罪とは言ってもそれほど過激な事ではなく、教会からの追放程度らしいけどね。

ただ、教会の高司祭などの地位にいた人間が、その全てを剥奪され追放されるのは本人としては非常事態だろう。しかも女神様を欺くなど無理な話なので、断罪から逃れる事は出来ない。

そういった理由で創世教会には極端に酷い神職の人間はいない。

「と言っても、話し方は丁寧だけど、皆んな引く気はなさそうだね」

「タクミ様、あの人達全員分の住む場所はないでありますよ」

「だよね。教会裏のスペースを広げて大きめの建物に変更しようか」

「それがいいでありますね」

僕が口を挟むと余計に揉めそうだ。

仕方なく、教会の敷地を大幅に拡大する。

今、この地に人はいない。

だけどこの段階で創世教会の各支部から結構な人数が来ている事を考えると、今後も人が増えそうだ。早急に対処する必要がある。

とにかく、教会関係者が暮らすための大きな建物、要するに修道院のような役割のものを建てよう。将来的に孤児院なんかも必要になるかもしれないので、建物とスペースだけは確保しておく。

教会関係者達が自給自足出来るよう、畑の面積も広げるか。


レーヴァと二人で作業して、ほぼ形になったので戻ってみると、まだ話し合いは終わっていなかった。

「もうそろそろ日が沈みそうなのに、元気だね」

「もう面倒なので、交代にすればいいのであります」

「だね。そう提案してみるしかないか」

僕は溜息を吐いて、凄い熱量で主張し合っている創世教会の人達のところに歩いていく。

「ちょっといいですか？」

「おお！　イルマ様！」

「おお！　この方が聖人イルマ様ですか！」

「イルマ様、是非ともこの教会は我らにお任せください！」

「これ！　抜け駆けはズルいぞ！」

「ちょっと！　ちょっと、落ち着いてください！」

僕が話しかけると半《なか》ばパニックになりかけたので、少し声を大きくして止めると、何とか冷静になってくれた。

「一応、大きめの修道院を教会裏に建ててありますから、持ち回りで管理するとか、皆さんで仲良く協力するとかしてください」

「……そうですね。お恥ずかしいところをお見せして申し訳ない」

「イルマ様の仰るとおり、持ち回りにするのか、それとも力を合わせて共同で管理するのか、話し合ってみます」

何とかその場を収める事が出来た。

神職の皆さんは僕に頭を下げると修道院の方へと入っていく。

荷物を置いて、教会で早速お祈りをするそうだ。

神職の人達の祈りで、この地の呪詛はより浄化されるだろう。

「一件落着かな」

「でも、あんな人数が来るなら、街の再建も急いだ方がいいであります」

「……だよね」

まあ、それは明日でいいか。

39 仕事？

結局、新しく建てた教会は敷地を広げ、収容出来る人数を増やして修道院を大きくし、皆んなで仲良く管理してもらう方向で落ち着いた。

「そこでイルマ様。神使《しんし》たるあなた様にお願いするのはあつかましいかと思うのですが、どうか我らに協力してもらえませんか。勿論、報酬は教会からお支払いいたします」

「えっ、えっと、街の復興を手伝うって事ですか？」

「結果的にそうなるでしょうね。我ら神職以外の人間も集まってきます。その者達用の施設も必要でしょう。何より、ここは我ら創世教会の人間にとって、もう一つの巡礼地になるでしょうから、宿泊施設は複数必要となります」

「じゅ、巡礼地ですか……」

つい先ほどまで揉めていた神職達だけど、喧嘩していたわけじゃないので、話がまとまれば次のステップへ進むべく一致団結するのは早かった。

その結果、暫定的《ざんていてき》な代表者が決まり、その代表者が僕に仕事の依頼をしてきたところだ。

あとは創世教会の人達にお任せして明日来ればいいと思ってたんだけど、家に帰る前に先手を打たれてしまった。

ここで僕が断っても別に問題はないんだろうけど、ノルン様関連の仕事は断りづらい。

それにここが街として復興すれば、もともと暮らしていた旧シドニアの住民も戻ってくるかもしれないしね。

まあ、神光教の熱心な信者は、創世教会の聖地巡礼の地となってしまった街では暮らしにくいかもしれないが。

「色々な商店や職人なども増えるでしょうし、我らもそれぞれの国から誘致《ゆうち》します。その分の建物は我ら教会主導で造りますので、とりあえず人が集まってきても大丈夫なように、宿をいくつかお願いします」

「はぁ、宿をですか」

全部を僕がやるわけじゃないのは分かった。

教会の人達が望むのは、何軒かの宿泊施設と開墾《かいこん》された農地らしい。

確かに畑の開墾を魔法を使わず人力のみで行うと、とても長い時間がかかる。

それを僕が魔法で土作りまで済ませれば、移住を希望する人も多いだろう。

依頼に関しては概ね問題ないけど、一つだけ聞いておかなきゃいけない。

「ここはバーキラ王国の受け持つ地域ですが、教会施設ならまだしも、街の宿泊施設や街の外の農地開拓に勝手に手をつけるのはまずいんじゃないですか？」

「おおっ！　そうでした。私とした事が、素晴らしすぎるノルン様の像を安置した教会に興奮して先走ってしまいました。確かに街を復興するとなると、その運営に関してはバーキラ王国の責任のもとに行われるでしょうから、我ら創世教会が出しゃばるのは違いますな」

どうもノルン様の像を見て舞い上がっていたようだ。

この地を蝕《むしば》む呪いの件については、もともとボルトンの冒険者ギルド経由で来たバーキラ王国からの依頼だからね。

「分かりました。では、教会からバーキラ王国の方に話を通させていただきます。その後、正式にイルマ様に指名依頼をさせてもらいます」

「は、はぁ、そうですか……でも、宿なんかは、僕じゃなくてもいいんじゃないですか？」

農地は土作りを考えれば、僕が魔法でやっつけた方が早いだろうけど。

「いえいえ、魔法を併用しての建設だとしても、イルマ様ほど一瞬で建物は建てられませんから。おそらく宿泊施設は直ぐに複数必要になりますので」

「なるほど、分かりました。とりあえずバーキラ王国と交渉をお願いします」

本当は、バーキラ王国からの話でも断りたいんだけどな。

ノルン様には感謝しているし、使徒と呼ばれても仕方ない存在だと自分でも思うけど、僕は別に創世教の信者ってわけじゃない。

神光教と比べてどちらを選ぶかと言われれば、勿論創世教なんだけどさ。

ガッツリ創世教の信者と思われそうだ……まあ、今さらかな。

40 アカネとルル

タクミが旧シドニアの街の復興に忙しくしていた頃、聖域でもっとも自由な二人――アカネとルルは暇を持て余していた。

だからといって旧シドニアくんだりまで行って、二人が何かをする事もない。

タクミやレーヴァと違い、アカネは物作りに一ミリも興味がないのだから。

「アカネ様、退屈ですニャ」

「本当に暇ね」

二人は聖域のタクミの屋敷、そのリビングにあるタクミこだわりのソファーに寝転び、用意したお菓子やジュースなどをダラダラと飲み食いしながら時間を潰していた。

タクミはレーヴァと仕事なので忙しい。

ソフィア、マリア、マーニは、もう直ぐ出産なのでアカネ達と出歩くなんて無理だ。

アカネと仲のいい有翼人族のベールクトも、人魚族のフルーナも同じく身重なので遊べない。

ルルは聖域の子供達という遊び相手はいるが、彼らも本当に小さな子以外は、仕事の手伝いをしている者が多く、ルルと遊んでばかりいられない。

それに一応、ルルはアカネの従者だ。

もう、旧シドニア神皇国にいた頃のような関係性ではなく、アカネはルルを妹のように可愛がっているし、ルルもアカネを慕っている。

しかし、もともと奴隷だったルルは、アカネの身の回りの世話をするのが仕事だったし、奴隷から解放された今も変わらずそう思っている。

だから聖域の子供達と遊びはするが、出来る限りアカネと一緒にいようとする。

彼女はアカネの側にいる方が、精神的に安定するらしいので、アカネも好きにさせていた。

「そういえばアカネ様。王都のお店は任せっきりでいいのニャ？」

「ん、大丈夫よ。この前タクミにデザイン画を渡したから、あとは上手くやってくれるわ」

「にゃら安心ですニャ」

アカネは日本にいた頃、女子高生だっただけあり、人並みにファッションには関心があった。

タクミに助けられた後、生活が落ち着くと、最初に取り組んだのが服飾の仕事だった。

貴族は別にして、この世界の一般の人達にとって服は丈夫な事が一番重要であり、そこにオシャレなど求めない。

だからといって興味がないわけではない。

カエデがボード村の奥様方に大人気になったように、綺麗な糸や布に需要はかなりあるのだ。

そこでアカネはパペック商会と組んで、平民が少し頑張れば買える価格帯の服を、アカネのファッションセンスでデザインして売り出した。

バーキラ王国の王都には、タクミがパペックに頼まれて出店した店の中に、アカネの店があるのだが、基本的にアカネはデザイン画を描いて渡すだけだ。

ソフィア達が妊娠してからは、冒険者パーティーは活動休止中なので、アカネとしてもデザインする時間はたくさんあった。

「う～ん、それにゃら、王都で甘味処《あまみどころ》巡りでもしますニャ？」

「……そうね。デザートはタクミが作るのが一番美味しいけど、最近は王都にも聖域産のフルーツが出回ってるし、スイーツ巡りをしてみるのもいいかもしれないわね」

アカネはガバッとソファーから起き上がる。

「ルル、行くわよ！」

「はいニャ！」

アカネはルルに声をかけて、屋敷の転移ルームを訪れた。

普通、王都に行くとなると準備が必要だが、容量無制限のアイテムボックスを持つタクミは勿論、タクミのパーティーメンバーは全員アクセサリータイプのマジックバッグを持っている。

必需品はそこに入っているため、王都に行くだけなら特別な用意は必要ない。

もう転移し慣れた二人は、気負う事なくゲートに飛び込んだ。

次の瞬間、二人は王都の店の転移ゲートが置かれた部屋に現れた。

「街ブラするニャ」

「そうね。でも気を抜きすぎちゃダメよ」

「分かってるニャ」

二人でのお出掛けでテンションが高いルルに、アカネが注意する。

店の従業員に一声かけて、王都へと繰り出した。

タクミが経営する店の従業員は二種類。

聖域と行き来するゲートの存在を知り、その使用を許されている聖域の住民と、王都で募集して雇っている従業員。

王都で募集して雇用している従業員は、転移ゲートの存在を知らない。そのため、転移ゲートの部屋からは、そのような従業員に会わずに外に出られるようになっている。

アカネとルルが声をかけたのは、聖域の住民専用の区画にいた従業員だ。

「さあって、何処から回ろうかしら」

「まずは貴族区画に近い高級店がいいニャ！」

「じゃあ、そうしましょう」

貴族の豪邸が立ち並ぶ区画には店は存在しないが、その近くには色々な高級品を扱う店が集まる区画がある。アカネとルルは、とりあえずそこから見て回る事に決めた。

アカネと手を繋いだルルの尻尾《しっぽ》が揺れる。よほど楽しいのか、やがてスキップし始めた。

二人は貴族街の外れにあるお洒落《しゃれ》なカフェのテラス席で、優雅な仕草で紅茶を飲んでいた。

「ふぅ、ここのフルーツタルトはまあまあね」

「色んなフルーツが載ってて美味しいニャ」

「まあ、ここは高級店で聖域産のフルーツを使ってるから、美味しくて当たり前よね」

聖域産のフルーツは超高級品なので、貴族向けのこういった高級店でないと食べられない。

アカネもルルも聖域で食べ慣れているのだが、それでも時々こうして王都のパティシエのスイーツを楽しむのが二人の楽しみだった。

聖域産のフルーツは、需要に対して供給が絶対的に足りておらず、しかもその美味しさは一度食べれば忘れられない。その聖域産のフルーツを使ったスイーツが、平民なら目が飛び出るくらいの価格設定になってしまうのは仕方ないだろう。

ただ、アカネとルルは貴族ではないが、お金は使い道に困るくらい持っている。

この大陸でも一番の実力者であるタクミ達と一緒に冒険者として活動すれば、懐《ふところ》に入る報酬は高額で、しかも必要な装備や消耗品はタクミやレーヴァが作ってしまう。

聖域での暮らしに関しても、タクミに家賃を払ってはいないし、食費も入れた事はない。

それに加えて、王都で出している服飾の店からの売り上げもアカネの収入になっている。

流石に貯め込むだけというのは良くないと、こうして時々王都やボルトンに繰り出しては街ブラを楽しみながら、スイーツやファッションにお金を使っているのだ。

まあ、それは半ばこじつけで、ただ単に遊んでいるだけなのだが。

聖域にも色々なお店が増え始めてはいるものの、王都と比べられるほどではない。

聖域産の農作物の味は極上な上に、アカネやタクミが聖域内に出来た飲食店に、メニュー開発などで力を貸している事もあり、その味は王都のお店にも負けないレベルではあるが。

「だけど、王都のパティシエやシェフも侮《あなど》れないわね」

「聖域のお店も、王都のお店も、どっちも美味しいニャ！」

「ええ、特に貴族街近くのお店は流石よね」

アカネとルルは食べ終えると、ソフィア達へのお土産用のスイーツを購入し、次のお店へと向かう。

「さて、次のお店はどんなのがあるかしらね」

「楽しみニャ！」

二人のスイーツ巡りはまだまだ終わらない。

日本にいた頃のアカネの食事量は常識的な範囲だったが、この世界に来てレベルが上がり、魔力量も増えるに従い、食べる量も随分と増えた。

この世界の常識として、魔法を使うとカロリーを結構消費するという事実がある。

日頃、聖域の教会でお手伝いとして治癒《ちゆ》魔法を使っているアカネは、食べすぎて太る心配はあまりなかった。

獣人族のルルは体質的に太りにくい。それに加えてルルは普段から運動量が多いので、肥満とは無縁だった。

「アカネ様！　ここ！　シフォンケーキのお店ニャ！」

「あら、本当ね。フルーツたっぷりのケーキも美味しいけど、こんなシンプルなシフォンケーキも良いわね」

「じゃあ、次はこのお店に決めるニャ！」

「ええ、そうしましょう」


その後もアカネとルルのスイーツ店巡りは続く。

フルーツタルトからシフォンケーキ、ドーナツに、タクミが伝えた団子《だんご》や饅頭《まんじゅう》などの和菓子まで、ここ数年で王都のスイーツ文化は花開いていた。

「ふぅ、まだまだ食べられるけど、遅くなる前に帰りましょうか」

「お土産もいっぱい買ったから、しばらく持つニャ！」

「今度は下町エリアを回らないとね」

「下町の屋台も楽しみニャ！」

タクミなら早々にギブアップしそうなスイーツ店巡りだが、アカネとルルの二人はまだ腹八分とでも言わんばかりに余裕がある。

ただ、流石に何件もハシゴしたので、もう直ぐ日が暮れる。

今日はここまでにして、二人は王都の拠点でもある自分達の店へと戻る。その足取りは楽しげだった。

「そうニャ！　帰ったらタクミ様にプリン作ってもらうニャ！」

「いいわね。タクミのプリンは美味しいものね」

　この二人、本当にまだ食べ足りないようだ。

41　街道整備の依頼

　旧シドニア神皇国の辺境に、創世教の教会を建設してノルン様の像を設置、シドニア全土にかけられた呪詛への対応は完了した。

　さらに創世教会からの依頼で、最低限のライフラインの設置と農地の整備を済ませた僕は、これでしばらくは子供達と家でのんびり過ごせると思っていた。

　ああ、そう思っていたんだ。

　ところがどっこい。

「え!?　バーキラ王国とロマリア王国からの共同依頼ですか！」

「ああ、申し訳ないが、早急に街道の整備が必要なんだ」

「えっと、何故ですか？」

「それはイルマ殿が造った教会のお陰で、創世教の聖地巡礼のようなものが始まったからだ」

「はぁ……」

僕を呼び出して告げたのはボルトン辺境伯。

わざわざ聖域にいる僕に連絡してきて、至急会いたいのでボルトンに来るようにと、冒険者ギルド経由で連絡が来た。

そして伝えられたのは、バーキラ王国とロマリア王国の二ヶ国からの共同依頼。

新しい教会と女神像のお陰で、現在進行形で旧シドニアの土地の呪詛は浄化され続けている。

呪詛自体が何年で浄化され尽くすのかは分からないが、現在僕が教会を建てた場所は聖域ほどではないものの、かなり清浄な土地になっている。

聖域以外ではそこにしかない、僕が造ったノルン様の像もあるんだけど……何を血迷ったのか創世教会が聖地認定してしまったのだ。

お陰で僕は余計な仕事が増えて大変だった……

それはともかく、今回はロマリア王国に創世教会から圧力がかかり、国内の街道整備を急げと言われているらしい。

さらにバーキラ王国からも旧シドニア神皇国へ行くには、ロマリア王国を通り抜ける必要がある。

またサマンドール王国で活動している創世教徒からも、僕の造った教会のある地までの街道整備の要望が出ていた。ただ、サマンドール王国は相変わらずこの手の事に非協力的だ。

旧シドニアと国境を接していないバーキラ王国が積極的にお金を出しているのに、国境を接しているサマンドールが出し渋るのはどうかと思うけど、実はあの国は今、結構大変なんだそうだ。

未開地開拓を自国だけでするほどまとまりがなく、その後の聖域関連の交易からも外された。

バーキラ王国、ロマリア王国、ユグル王国の三ヶ国が好景気なのに比べ、商業の国のはずのサマンドール王国は、緩《ゆる》やかに衰退《すいたい》の道を辿っていた。

そこにあの黒い魔物の氾濫で大きな被害。

現状、サマンドール王国は旧シドニアへの街道整備どころじゃないみたいだ。

勿論、トリアリア王国が旧シドニアに関わる事はない。あそこは、サマンドール王国よりもさらに厳しい状況なのだから。

旧シドニア神皇国と組んだ三ヶ国同盟との未開地での戦争の敗戦に始まり、黒い魔物の氾濫でもサマンドール王国と同じく、少なくない被害を被っている。

まあ、あの国が三ヶ国同盟が主導して復興している旧シドニアのために協力するなんて、ありえないんだけどね。

それはともかく街道整備かぁ……

「勿論、イルマ殿だけに押しつけるつもりはない。土魔法使いを動員して街道整備をするぞ。あわせて治安の維持は騎士団を増員して行う」

復興作業は同盟三ヶ国が行っているので、旧シドニアの治安はそれほど悪くないのだけど、創世教徒が巡礼するとなると安全確保は重要だろう。

旧シドニアの復興に関しては、最初から僕も関わっている。

どうしても農地や住居がメインだったので、街道の整備が後回しになっていたのは否《いな》めないし、仕方ないか。

「日にちを決めてでもいいですか？　多分、キリがないと思うので」

「ああ、最低限こちらの希望するルートを整備してくれればいい」

街道なんて何本もあるので、あらかじめ決めておかないと際限がない。

子供達との時間もとりたいからね。

42　土木作業員タクミ

旧シドニアで魔力にものを言わせて街道整備をするのは、僕一人。

護衛でタイタンがついてくれている。

今回はカエデは護衛が退屈なのか、聖域で子供達と遊ぶと断られた。

いや、僕も子供達と遊びたいんだけど……

仕方なくタイタンをお供に、マナポーションをガブ飲みして魔力ゴリ押し街道工事だ。

しかも今回、そう頻繁に整備するのが不可能な街道なので、出来るだけメンテナンスは最小限になるよう少し凝《こ》ってみた。

全ての道はローマに通ず。その古代ローマ人が作り上げた道の構造を手本にしたんだ。

サイズの違う石を敷き、それを砂や砂利《じゃり》で埋めて最後に石畳を表面に敷く。

ローマと言えば、まず最初にローマンコンクリートが思い浮かぶ。

現代のコンクリートの耐久年数が五十年から百年のところを、千年を超え、むしろ頑丈になっていく古代ローマを代表する発明。だけど、あれは大量の火山灰が必要だから大規模な街道建設には使えない。古代ローマ人みたいに、港を建設するのには向いているけどね。

古代ローマでは、奴隷や兵士を大量投入して造られた道だけど、それを僕は一人で寂しく黙々と行う。

まあ、タイタンも護衛のかたわら手伝ってくれるし、話し相手にもなってくれるからまだマシだけど、こんな時カエデのありがたさが分かるよね。

「シカシ、コダイローマトヤラハ、スグレタギジュツヲモッテイタノデスネ」

「うん。ローマンコンクリートもそうだけど、人力のクレーンや連射式のバリスタ、水道橋なんかは、信じられないくらいの高い技術だったみたいだね」

タイタンも僕が話すローマ帝国の技術に感心している。

魔法が発達したこの世界では、余計にその手の技術が発達しにくいのかもしれない。

井戸の水を汲み上げるポンプでさえ、パペックさんは大発明だと興奮していたからね。

元の世界に大昔からあったものだから、カンニングした立場の僕としては、何とも言えない気分だったのを思い出す。

まあ、魔導具の中には、元の世界では実現不可能な事を実現するものもある。しかも、魔法が使えない人でも魔導具なら普通に使用出来るから不便はない。

それでは科学の発展なんてありえないか。

黒色火薬すらないからね。

まあ、この世界で火縄銃《ひなわじゅう》が発明されても使う人はいないだろうし。

手間がかかる割に、皮膚の硬く分厚いオーク辺りは、喉なんかの柔らかい場所を狙わないと倒せないだろう。

自然環境を破壊する技術に依存していないってのは、素晴らしい事だと思うけどね。

そんな風に思考があっちこっちに飛んでいると、タイタンが疑問に思ったのか、僕に質問してきた。

「ソレホドノクニガ、ドウシテホロビタノデスカ？」

「…………ごめん。それは知らないや」

古代ローマ帝国のミラクル技術は、僕も興味があったから色々と調べた記憶はあるが、そのローマ帝国自体がどうして崩壊したのかは知らない。

古代ローマ帝国の建築技術はもの凄く高い。コロッセオでは、水を溜めて海戦なんかも観せていたらしいからね。

そんなローマが滅んだのは何故だろう。元サラリーマン程度の僕じゃ知らなくても仕方ないよね。

「しかし、教会や建物を造るのはまだいいけど、ひたすら道を造り続けるのは飽きるね」

「モウシワケアリマセン。ワタシハ、タイクツスルコトガナイノデ、ソノアタリハ、リカイシニクイデス」

「ああ、そうだった。まあ、タイタンもあと数百年経てば分かるようになるかもね」

タイタンはもともと、悠久の昔から遺跡を護るガーディアンゴーレムだったので、一つの指示を受けて続ける事に飽きるなんてないんだろうな。

「まあ、魔物への警戒もほぼ必要ないし、賊《ぞく》なんかの心配もない。作業に集中出来るから早く済みそうだけどね」

「ソウデスネ」

例の黒い魔物の氾濫で残った魔物は、三ヶ国と僕達が徹底的に討伐したし、その後旧シドニア全土を一度浄化したので、この辺りは新しく魔物が生まれにくい土地になっていた。

予想外の呪詛の影響で、魔物が発生したり集まってきたりする可能性もあったけど、その前に対処したので、今の旧シドニアは平和だ。

一旦破壊し尽くされた人々の生活が元に戻るのには、もっと時間がかかるだろうけどね。

主要な街道だけでいいのが幸いかな。

43 趣味

「ハーイ、チーズッ！」

カシャ！

「オッケー！　じゃあまたねー！」

「ありがとう、エトワールちゃん！」

首から提《さ》げたカメラで、聖域の中で遊ぶ子供達や何気ない風景の写真を撮って回るのが今のエトワールのお気に入りだった。

当然、エトワールの被写体には家族や身近な人達もいる。

姉妹である春香やフローラ。

ソフィア、マリア、マーニの三人の母親。

アカネやルルにカエデ。忙しいレーヴァはこっそりと写している。

他にもほとんど毎日訪ねてくるソフィアの母親で、エトワールと血の繋がった祖母にあたるフリージアや祖父のダンテ。

いつも身の回りの世話をしてくれるメリーベルはじめメイド達。

バーキラ王国宰相サイモンの妻で聖域に移住し、文官として働いているロザリーや、イルマ家の文官娘衆の一人、シャルロットの母親で同じく聖域に移住したエリザベスもエトワールの被写体だ。

他にも聖域には個性的な住民が多いので被写体には困らない。

この世界でもここにしかない美しい風景がそこかしこにある聖域だが、どうしても人物写真が多くなるのはご愛嬌《あいきょう》だ。

それでもエトワールはエルフだからか、聖域の自然が大好きだった。これが春香やフローラなら精霊樹の写真や教会の写真、何気ない草花の写真など撮ろうとも思わないだろう。

このエトワールの写真趣味は、家族だけでなく聖域の住民にも喜ばれている。

それもそうだ。

エトワールは写真を撮ると、その撮った写真をプリントする。

家族の写真は家に飾ったり、アルバムにまとめて保存しているが、それ以外のものは気前よく写っている人にプレゼントしているのだ。

プリントするのもタダではないのだが、そもそもカメラもプリンターもタクミが造った魔導具なので、負担はほぼない。

何よりタクミは娘達にとても甘い。エトワールにお願いされれば嫌とは言えない。

「パパッ！　またプリントおねがい！」

「え〜、またかい？」

トテトテと勢いよくタクミの工房に入って、カメラを差し出すエトワール。

タクミは呆れたように言いながらも、その表情は緩んでいる。

何処の世界でも娘に対する父親なんて似たようなものだろう。

もうそろそろ、エトワールが撮った写真だけで写真展が出来そうだと考えるタクミだった。

44　変わった趣味

すっかりカメラを気に入り、聖域の小さなカメラマンと化したエトワール。その姉妹ながらフローラの趣味は少し変わっている。

とはいえ、幼いながらカメラを趣味にするエトワールもエトワールなので、子供とはそんなものなのかもしれない。

流れの緩やかな小川の側で、フローラは一生懸命に何かを探していた。

その近くには、ケットシーのミリ、ララ姉妹もいる。

彼女達と同じく聖域の初期に保護された、猫人族の兄妹であるワッパやサラ、人族の姉妹のコレットとシロナ、エルフのメラニーやマロリーは一人前に働いている。

ワッパ達は過保護なタクミのせいで、並の大人以上の力や体力を持っている。即、冒険者としてやっていけるくらいには、過剰なパワーレベリングを施されているのだから。

ケットシーであるミリとララも同時期に聖域に来たのだが、彼女達はタクミの子供達の良きお姉さんとして今も遊んであげている。

そのタクミの三人の娘の中でも、特にフローラはミリとララと仲が良い。

これは、フローラが兎人族《うさぎじんぞく》の獣人である事が関係していると思われがちだ。

だが、ミリとララは外見が猫なので分かりにくいものの、ケットシーは妖精種。エルフやドワーフと近い種族だ。

フローラと仲が良いのは単純に、ミリとララの性質が幼いからだった。

ここで彼女達が三人が何をしているかというと、綺麗な石拾いだ。

子供の頃特有の何でもないガラクタを宝物にするノリである。

「あっ！　いいの見っけ！」

「ミリも見つけたニャ！」

「ララのも綺麗ニャよ！」

ツルツルとした丸い石や、変わった形の石。色が綺麗なものやキラキラと光るものなど。

フローラは見つけた石を斜めがけにした鞄に入れる。ミリとララもお揃いの鞄に見つけた石を収納する。

三人の鞄はタクミが作ったマジックバッグだ。容量はそれほど大きくないが、それでも幼児と言ってもいい年齢のフローラと、フローラよりも年上だが、まだまだ子供のミリとララが持てる性能のものではない。

これが聖域以外なら確実に攫われる要因になっただろう。

「わぁ!!　凄いの見っけ!!」

「フローラちゃん、見せてニャ！」

「ララにも見せてニャ！」

フローラが見つけた石を手に載せ、ミリとララに見せる。

「ふわぁ～っ、綺麗ニャ～！」

「フローラちゃん、凄ぉい～！」

その石を見て、ミリとララは目をキラキラさせ、興奮している。

フローラの掌《てのひら》の上では、虹色に輝く宝石のような不思議な石が存在感を放っていた。

「あら、フローラ。精霊石《せいれいせき》を見つけたのね。これ、凄くレアな石よ」

「あっ、シルフ！」

「「シルフニャ！」」

突然現れたシルフが覗き込み、フローラが見つけた石について教えた。

「ミリも精霊石見つけるニャ！」

「ララも！　ララもニャ！」

「フローラも、もっといっぱい見つけるの！」

シルフにとても珍しい石だと教えられた三人は、大興奮で精霊石を探し始める。

「精霊石なんて伝説級のアイテムなんだけどね…………聖域以外ではね」

微笑んで三人を見ていたシルフはそう呟くと、その場から消える。

精霊石は多くの精霊が集まる場所にごく稀《まれ》に出現する希少なアイテム。

魔石の上位互換というだけでなく、様々なポーションの基材として優秀で、強力な付与魔法の触媒《しょくばい》としても使える。

聖域の外では、精霊が多いと言われるユグル王国でも長い歴史の中で数個発見例がある程度。ただ、聖域だけは例外なのか、フローラ達はこの後、それぞれ一つずつ精霊石を発見した。

大精霊が常に顕現し、多くの上位精霊や中位精霊、数えきれないくらい多くの下位精霊が存在する聖域では、それほど珍しくない石なのだ。

◇

その日、聖域の屋敷で僕——タクミの目の前に、エトワール、春香、フローラが、それぞれのパートナーとソファーに座っていた。

いやいやいや、ちょっと待った。認めない。認めないぞ。

「パパ。この人と結婚するね」

「パパ。私もこの人と結婚するの」

「パパ。良い人でしょう？」

僕の心情など関係なく、それぞれのパートナーと腕を組み、嬉しそうに彼氏を紹介する三人の娘達。

「い、いや、結婚するのは少し早くないかな？」

「早くなんかないわよ。マリアママがパパと結婚したのと同じくらいのはずよ」

「そうそう」

いや、間違ってないけど、それとこれは別の話なんだ。

そ、そうだ。ソフィア達は賛成なのか？

「お母さん達はなんて？」

「ん、お母さん？　勿論、賛成してくれたよ」

「うん。ソフィアママもマリアママもマーニママもねっ」

「ねぇ～！」

エトワール、春香、フローラはそう言って笑い合っている。

「うっ！」

クソッ！　こんな時、女親は男親の味方にならないな。

考えろ、タクミ。この状況を切り抜ける方法を……

これまで僕は、様々な修羅場《しゅらば》を潜り抜けてきたじゃないか。

命懸けだった事だって、一度や二度じゃない。

「当然、パパは賛成してくれるわよね？」

「えっと、その……」

エトワールが、まさか反対しないよねと、圧をかけてくる。

「パパは春香の味方だものね」

「それは……」

春香もニコニコとしているが、その笑顔が怖いのは気のせいじゃないだろう。

「結婚式はパパ達みたいに、聖域の教会でしたいわね」

「うっ……」

フローラが結婚式の話を口にした。

何とかこの場を切り抜け、結婚の挨拶を有耶《う や》無耶《む や》に出来ないか考えていると、エトワール達の機嫌が悪くなり始める。

「パパ。もし反対したら、パパの事嫌いになるかもしれないわ」

「私も！」

「私もよ！」

「ちょっ!?　ちょっと待ってエトワール！　春香！　フローラ！」

あんなにパパっ子だった三人の娘から、嫌いになるなんて言われて動揺が収まらない。

「さぁ、賛成してくれるわよね」

「さぁ」

「さぁ」

い、いっ、嫌ぁーー!!


「ハッ!?」

そこで僕は目が覚めた。

「ゆっ、夢か。良かったぁ～」

「ん〜ん、ムニャムニャ……」

「スゥ、スゥ……」

「クゥ、クゥ……」

寝ていた僕の胸の上にエトワールが、右腕には春香が、左腕にはフローラがしがみついて眠っている。

「そうだよな。まだ子供だったよな」

夢の中の大人になったエトワール達じゃなく、いつものまだ幼い子供達の姿を見て、心底ホッとする。

そうだったよ。珍しく子供達と一緒にお昼寝していたんだった。

しかし嫌な夢だった。いや、女の子を持つ親なんだから、避けられない将来なのかもしれないけど、認めたくないよ。

もう少ししたらボーイフレンドなんて連れてくるのかな？　会いたくないが、ソフィア達だけに紹介して、僕は蚊帳の外なんていうのも嫌だしなぁ。

はぁ、昼寝したのに、逆にどっと疲れたよ。

まあ、夢らしく紹介されたパートナーの顔も声も覚えていないのが幸いだね。

最近、忙しすぎて子供達と遊ぶ時間が少なかったか。

もっと子供達との思い出を作るべきだな。

しかし……本当に嫌な夢だったよ。背中は汗でグッショリだ。

こんな日が来るのは、ずっと遠い未来でありますようにと願わずにいられなかった。

45　ジリ貧の神光教

旧シドニア神皇国と組んで臨んだ、バーキラ王国、ロマリア王国、ユグル王国の同盟三ヶ国との戦争での大敗。

崩壊した旧シドニアで発生した黒い魔物の氾濫による被害。

そしてトドメに、獣人族奴隷やエルフ奴隷の不可解な消失。

今やジリ貧と言えるのが、マーキラスが治めるトリアリア王国だった。

現在、大陸唯一の人族至上主義国家であり、同盟三ヶ国との停戦すらする気のない、少し困った国。

創世の女神ノルンを主神とせず、今は消滅した邪精霊アナトをいまだに崇め、大陸全土で勢力を落としている神光教が盛んな国でもある。

神光教は総本山とも言えるシドニア神皇国が滅び、それまでの傲慢《ごうまん》な行いもあって大陸中で教会の経営が成り立たず、どんどん撤退に追い込まれている。そんな中、人族至上主義のトリアリア王国だけは種族融和《しゅぞくゆうわ》を謳《うた》う創世教を選択するわけにはいかなかった。

トリアリア王国の王都には、今やシドニアの代わりに神光教の総本山となった大教会があった。

煌《きら》びやかな装飾がふんだんになされた派手な佇《たたず》まいは、タクミが見れば顔を顰《しか》めるかもしれない。

その大教会の中でも最も豪華な一室に、贅《ぜい》を尽くした衣装を身に纏った男が、派手に装飾された椅子に座っていた。

「ユダール様、バーキラ王国とロマリア王国はもう無理です」

「……クソッ！　せっかく、ワシが教皇になったというのに！」

部下の司祭に毒づいたのは、神光教の現教皇ユダールだ。

旧シドニア神皇国の崩壊で、残った中で一番上の地位にいたこのユダールが教皇を引き継いだ。棚《たな》から牡丹餅《ぼたもち》だと喜んだものの、ユダールを待っていたのは神光教の衰退だった。

盛大にやらかしてしまった神光教。当然ながらバーキラ王国やロマリア王国にあった神光教の教会が維持出来るはずもなく、総本山に集まるお金は激減している。

もともとユグル王国とノムストル王国には神光教の教会はない。当然だろう。エルフとドワーフの国に、人族至上主義を教義とする神光教が教会を置けるわけがない。

バーキラ王国とロマリア王国も、消滅した邪精霊を主神とする神光教を、今までと同じように運営させる事はありえなかった。

寄付などがなくなるのは勿論、以前は回復魔法を使える術師を囲い込み、高額で治癒を施していたのも、安価なポーション類が普及したせいで需要がない。

「サマンドール王国でも創世教に宗旨替えする者が出始めています」

「チッ、あの黒い魔物の氾濫が痛かったな」

「ええ、シドニアから溢れた例の魔物で、サマンドール王国も被害が大きかったようですし」

「面白くないのぅ」

ユダールは不機嫌そうに、その肥え太った体をドカッと背もたれへ預ける。

神光教にとって、サマンドール王国は多くの寄付が集まる重要な国だ。それが黒い魔物の氾濫のせいで、神光教への不満や批判が高まっていた。

「三ヶ国の景気は良いが、もはや収益にはならん」

「三ヶ国は未開地進出で好景気ですからね。せめてウェッジフォートやバロルの街に教会を置ければ……」

「無理じゃろうな。あの辺りは獣混じりや耳長どもも多い。我らの教義は受け入れられんだろう。バチあたりどもめ」

実は、ユダールをはじめとする旧シドニア神皇国の外にいた神光教関係者は、邪精霊アナトが消滅した事を知らない。

隣国とはいえ、詳しい情報は他国まで正確に伝わっていないのだ。

冒険者ギルドや商業ギルドでさえ、通信の魔導具を導入する中、その手の便利なアイテムに否定的なのが神光教だった。

「しかしこのままではジリ貧じゃな」

「どうでしょう。我らも未開地に進出するというのは？」

「トリアリア王国に、ウェッジフォートやバロルのような城塞都市は造れまい」

危険が多い未開地にいきなり城塞都市を造るなど、通常なら不可能だ。あれはタクミだから成せたのだから。

普通の方法で建設しようとすれば、たちまち魔物が集まってくるだろう。実際、ウェッジフォートを建設した後、魔物のスタンピードが起こり、タクミ達がそれを殲滅《せんめつ》して収めている。

「はい。ですから南側です。サマンドール王国の隣ならいけるのではないでしょうか」

「南か……サマンドール王国が開発の旨みが少ないと領土を広げていない土地だな……」

部下の司祭に言われて考え込むユダール。

大陸の西側に縦に広がる未開地。その中央付近に聖域やバロル、ウェッジフォートがあり、北の端にユグル王国がある。

現在、未開地は中央から北にかけて発展している状態だ。

そして大陸の南端にあるサマンドール王国の西側も未開地であり、小さな魔境は多数あるものの、海岸付近はそれほどでもない。

サマンドール王国も領土を広げる利が薄いと放置している土地だ。その辺りは、商人の国と呼ばれるサマンドール王国らしい。

「はい。港に向く地形ではありませんし、サマンドール王国が苦労して開発する魅力はないでしょう。ですがトリアリア王国ならどうでしょう」

「ふむ。塩か」

ユダールは直ぐに部下の狙いを理解した。

トリアリア王国は、塩をサマンドール王国からの輸入に頼っている。

バーキラ王国には岩塩鉱山があり、近年は聖域からも輸入している。ロマリア王国には、岩塩をドロップする鉱物ダンジョンがある。ノムストル王国も岩塩鉱山は豊富だし、東の海に面しているので塩の輸出もしている。

トリアリア王国は、敵対国でないノムストル王国かサマンドール王国から塩を輸入するしかない。とはいえ、山脈で隔《へだ》てられたノムストル王国からの輸入は多くなく、ほぼサマンドール王国からのものになる。お陰で、塩の値段はかなり足元を見られているのだ。

「はい。食いつくと思いませんか？」

「それで、我らは増えた街や村に教会を建て、人を派遣出来るな」

これは神光教にも大きな利がある。新しい村や街が出来れば、そこに付き物なのが教会だ。

神光教を国教とするトリアリア王国が未開地を開発するなら、創世教の教会を締め出し、自分達が独占出来る。

「マーキラス王に謁見《えっけん》の申し込みをしておけ」

「はっ、承知いたしました」

ジリ貧の神光教と、同じくジリ貧のトリアリア王国。起死回生の一手となるかどうか……

46　繋がる

トリアリア王国の王城で、軍務卿《ぐんむきょう》バラカンの報告にマーキラス王が目を輝かせ、身を乗り出す。

「未開地か！　海沿いなら塩や海産物が取れるな！」

「はっ、特に塩はそのほとんどをサマンドール王国からの輸入に頼っていますから、これが成功すれば、我が国の利は大きいかと」

未開地に突然現れた聖域。それを我が手にせんと戦争を引き起こしたトリアリア王国だが、大敗した今でも未開地を諦《あきら》めたわけじゃなかった。

バーキラ王国やロマリア王国が未開地に進出し、特にバーキラ王国はウェッジフォートのお陰で好景気に沸いている。同盟国はその恩恵を受けているが、敵対国であるトリアリア王国は蚊帳の外だ。

そこに神光教会からの未開地開発の誘い。飛びつくのは当然だった。

「南の海沿いなら、ウェッジフォートやバロルからも距離はある。直ぐに攻めてくる事はないだろう」

「ええ。それに三ケ国は、旧シドニア神皇国の復興で手一杯でしょう。その間に、確固とした拠点を築くのは可能かと」

「だな。サマンドール王国も利になると分かれば、協力は惜しまんだろう」

「はい。サマンドール王国は、自分達だけで未開地に進出する力はありませんが、利には敏《さと》いですからな」

強力な軍事力を持たないサマンドール王国だが、戦力がまったくないわけではない。実力はともかく冒険者や、傭兵《ようへい》組織も存在する。貴族や豪商の私兵を動かす事も可能だろう。

塩の輸出が減る事を考えても、未開地開発の利益を考慮すれば、トリアリア王国や神光教に協力する可能性は高い。

「陛下。今の我が国の苦境を凌ぐには、今は戦争以外の道も選択肢に入れるべきです」

「……力を蓄え、時が来たら復興して旨みの増した旧シドニアを獲るのだな」

「それがいいかと」

長年ユグル王国やロマリア王国との戦争を続けるトリアリア王国が、初めて侵略戦争以外で国力の増強を決めた歴史的瞬間だった。


そしてトリアリア王国、サマンドール王国、神光教の合同事業がスタートした。

この事業計画はトリアリア王国の国民のガス抜きも兼ね、迅速《じんそく》に進められる。

今やほぼトリアリア王国とサマンドール王国のみに活動範囲を狭《せば》めた神光教も、これ以上の勢力範囲縮小を食い止めようと全面的に協力した。

サマンドール王国の港から、船団を組んだ船が西へ――未開地へと向かう。陸路では、サマンドール王国からだけでなく、トリアリア王国からも軍と物資輸送の隊列が進む。

魔物に対しては、大陸中から冒険者を召集して対処する。

怪我人に対しては、神光教の神官が治癒を施し、サポートした。

未開地開発事業は、犠牲を出しながらも止まる事なく続く。

◆

この数年でさらに痩《や》せ、髪の毛も少なくなった男。サマンドール王国の宰相モントレーは心底安堵していた。

ここのところ発展著《いちじる》しいバーキラ王国、ロマリア王国、ユグル王国の三ヶ国に比べ、サマンドール王国は後手後手に回っていた。

トリアリア王国や旧シドニア神皇国と近しい関係だったために、三ヶ国と同盟を組む事も出来ず、聖域を中心とした未開地開発事業に噛《か》めなかった。

しかもバーキラ王国から始まった魔導具革命。それにより、サマンドール王国は貿易弱者へと転がり落ちる。

そして旧シドニア神皇国の崩壊により、大きな利益を上げていた貿易相手を失った。とどめに、黒い魔物の氾濫での被害。弱り目に祟《たた》り目とはこの事だろう。

「未開地開発事業は何が何でも成功させねばならん」

「陛下、トリアリア王国の景気が上向けば、交易も盛んになるでしょう」

未開地の開発事業に、並々ならぬ意欲を見せるバルデビュート王の言葉に、久しぶりに明るい気持ちでモントレーも頷く。

「未開地南端の開発が成れば、ウェッジフォートやバロルへの足掛かりとなるでしょう」

「ああ、ユグル王国とも近くなる。他国を挟まずロマリア王国やバーキラ王国と繋がれるのも大きい」

「ええ。トリアリア王国には表立って言えませんが」

サマンドール王国がバーキラ王国やロマリア王国と交易する場合、トリアリア王国か旧シドニア神皇国を通る必要がある。

国境を越える商隊に対しては関税を取る。それは、トリアリア王国や旧シドニア神皇国に限らず、サマンドール王国も同じだ。

しかもその二国は街道の整備が進んでいないため、陸路で大量の荷物を輸送出来ない。

聖域のように、巨大な戦船《いくさぶね》であるオケアノスでもあれば、海路による大量輸送も可能だろうが、サマンドール王国の船では遠い場所までの航行は無理だった。

「ウェッジフォートやバロルからならバーキラ王国やロマリア王国、ユグル王国まで広く整った街道がある。あれを使える利は非常に大きい」

「問題は、未開地南端からウェッジフォートやバロルまでの街道整備が可能かどうかですな」

バルデビュートは、タクミが主導して造った未開地の街道に注目していた。

ただ、モントレーはそもそもウェッジフォートやバロルまでの距離が問題だと思っていた。

「未開地を縦断するには、途中にいくつか砦《とりで》は必要だ。大回りせずに真っ直ぐ北上出来る道は、どうせ必要になる」

「トリアリア王国単体では無理でしょうな。まあ、もし仮にトリアリア王国のみに砦や街道建設をやらせてしまったら、彼《か》の国は我らから関税を取るでしょう。砦と街道整備は協力しつつも、我らサマンドール王国が主導するべきでしょうな」

サマンドール王国の商人もウェッジフォートやバロルに進出しているが、危険な未開地を避けるには大回りして向かう必要があった。

それを考えると、未開地を縦断可能にすれば、バーキラ王国などの三ヶ国との交易はずっとスムーズになる。

実際、トリアリア王国単体では、ウェッジフォートやバロルまでの中継地の整備や街道を敷くなど不可能だろう。

今回の未開地南端の開発ですら、サマンドール王国の食料や資材の援助なくして成功たり得ない。

とはいえ、サマンドール王国のみで聖域付近までのインフラを整えるのも荷が重い。

「そう思えば、神光教の協力は助かる」

「はい。最悪海沿いの拠点はトリアリア王国にくれてやってもいいでしょう。我らは聖域付近までを握る事が重要です」

「うむ。交渉は任せるぞ、モントレー」

「お任せください」

商業で成り立つサマンドール王国。

野蛮《やばん》なトリアリア王国を手玉に取るなど朝飯前だろう。

未開地南端の開発事業は、三者三様の思惑がありながら、奇跡的なバランスで走り出していた。

47　ホッとするタクミ

トリアリア王国、サマンドール王国、神光教が協力して、サマンドール王国の西側の未開地へ進出する計画が進んでいるとシルフが言ってきた。

「ある意味良かったんじゃない、タクミ。旧シドニアもまだ安定していないし、他国を侵略する事しか考えていなかったトリアリアが、迷惑をかけてこないっていうんだから」

「まあ、アカネの言う通りだね。旧シドニアも安定するには何年もかかるだろうから、トリアリアが大人しくなるなら大歓迎だよ」

悪い話じゃないと言うアカネと、僕も同じ意見だった。直ぐにって事はないけど、旧シドニアに侵攻してくる可能性はあったからね。

「でもいいの？　トリアリア王国が持ち直すかもよ」

シルフがそう聞いてくるが、僕は首を横に振った。

「いや、あそこに潰れられる方が大変だよ」

「そうね。旧シドニアで手一杯だもの」

おそらく僕やアカネだけじゃなく、バーキラ王国やロマリア王国、ユグル王国もトリアリア王国が潰れるのは迷惑だと考えているはずだ。

今、どんな形であれ大陸に余計な混乱を招くのは、情勢を考えたら得策じゃない。

因みに聖域の屋敷には僕とアカネ、それとルルちゃんしかいない。

レーヴァは相変わらず工房に籠もっているし、ソフィアやマリア、マーニは出産が近いので、この手の話し合いには参加していない。

エトワール、フローラ、春香の娘達は、外に遊びに出ている。

「でもタクミ。未開地の南端で騒がれると、ウェッジフォートやバロルは大丈夫でしょうけど、短期的に未開地の魔物の分布に変化があるかもよ」

「ああ、それはあるかもしれないね」

アカネが口にした懸念に、僕は頷いた。

「バーキラ王国とロマリア王国に知らせておく必要はあるわね」

「僕がサイモン様に伝えておくよ」

万が一にでも影響があるといけない。

未開地は、全部が魔境ってわけじゃないけど、小さな魔境が点在している。

今まで進出するのが難しい土地だったから、未開地なわけだ。

それを僕が力ずくでウェッジフォートを作り、聖域が出来たので、未開地中央部は魔力は濃い土地だけど、魔物は発生しにくくなってきている。

「でも神光教も必死よね」

「バーキラ王国とロマリア王国からは、ほとんど撤退したからね」

その二国とユグル王国は、神光教が信仰していたアナトが、実際は神ではなく邪精霊だったと知っているからね。

しかし、トリアリア王国やサマンドール王国にある神光教の教会関係者まで情報はいっていないだろう。

まあ、旧シドニア神皇国が崩壊し、教皇や指導者がいなくなるという非常事態なのは理解しているだろうが……どうしてそうなったのかは知らないと思う。

「でも神光教が、全面的に協力するなら、案外上手くいくかもね」

「そうね。光属性魔法の使い手を囲い込んでたものね」

アカネは頷いて言った。

未開地の開発で重要なのは、作業中に襲ってくる魔物の撃退もだけど、一番は土地の浄化なんだ。

神光教の協力で、開発した土地の浄化が成れば、トリアリア王国の未開地進出は成功する可能性が高い。

「街や村がいくつか出来て、そこに神光教の教会が建つわけね。しぶといのはトリアリア王国だけじゃなく神光教も一緒ね」

「争いになるよりマシだよ」

バーキラ王国やロマリア王国が駐留する旧シドニア。もしやけくそになったトリアリア王国が侵攻してきても、簡単に撃退するだろう。

だけど、聖域騎士団と合同訓練をした兵士ならいざ知らず、それ以外の兵士から犠牲者が出るのは避けられない。戦争だからね。

確実に勝てる戦争でも、しないに越した事はない。もし戦争となった時、トリアリア王国側の兵士や国民の被害も大きいだろうしね。

「まあ、何があっても聖域騎士団がいるから大丈夫よ」

「過信はダメだよ、アカネ」

「アカネは楽観的だけど、タクミは心配しすぎよ。私達の名を冠する騎士団をもう少し信じなさい」

「まあ、シルフの言うとおりなんだけどさ……」

聖域騎士団――トリアリアからすれば、一騎当千《いっきとうせん》の兵士の集団に見えるだろうな。実際、それくらいの力の差はある。

魔大陸の高難度ダンジョンや、この大陸最大の魔境、死の森で訓練をしているんだ。低難度のダンジョンが一つあるだけのトリアリア王国じゃ追いつくのは無理だろう。

トリアリア王国の軍では、未開地の魔境から溢れる魔物の対処で精一杯だと思う。

あとは装備の差も大きい。

これは前回の未開地での戦争でも、僕とカエデがトリアリア王国から獣人族やエルフの奴隷を解放した時に確認したので間違いない。

流石に騎士団の団長や隊長クラスになると、ミスリルを使った装備だったものの、それでもミスリルの含有量は少なく、付与された魔法効果も大した事なかったからね。

あれなら、僕やレーヴァが魔鋼《まこう》で作った装備の方が性能はいいと断言出来る。

アカネが言う。

「聖域騎士団には、陸戦艇《りくせんてい》サラマンダーや飛空艇ガルーダ、重攻撃機サンダーボルトがあるのよ。トリアリア王国程度完封出来るわよ」

「いや、それはそうだけど、トリアリア王国軍が可哀想だよ」

「無知な国民は可哀想だけど、トリアリアが侵略戦争を仕掛けてくるなら手加減はダメよ」

シルフの言う事が正しいのだろう。

だけど悪いのはトリアリア王国の国民じゃなく、マーキラス王達だからね。いつも損をするのは、弱い立場の人達だ。

「未開地の戦争で使ったゴーレムも、前より増えている。トリアリア王国には、力を示した方が抑止になるのかもね」

「そうね。それにトリアリア王国は、隙あらばウェッジフォートやバロル、それこそ聖域にまで攻め込もうとしてくるでしょうけど、サマンドール王国や神光教は違うもの」

アカネの言葉に頷いて言う。

「神光教は、もう神殿騎士団も少ないしね」

神光教には神殿騎士団があったんだけど、その多くが旧シドニア神皇国の皇都と魔大陸のダンジョンでの戦いで死んでいる。

いや、皇都のダンジョンと魔大陸のダンジョンにいた神殿騎士団の団員は、既に人ならざる者だったから倒さざるを得なかったんだ。

「まあ、僕達は多少警戒しておくだけでいいか」

「そう。じゃあ、何か変な動きがあったら知らせるわね」

「頼むよ、シルフ」

シルフがその場から消え、僕はサイモン様に伝えるため、通信の魔導具がある工房へと向かう。

このままトリアリア王国も落ち着けばいいのになぁ。

48　次は海中

トリアリア王国による未開地南端開発は、サマンドール王国と神光教の大々的なサポートにより、今のところ上手くいっているらしい。

これは眷属の風精霊を通して情報を得たシルフが教えてくれた。

未開地南端の開発による影響を考慮してサイモン様に報告すると、バーキラ王国、ロマリア王国、ユグル王国の三ヶ国で、巡回を強化する事で対処すると言っていた。

今回、聖域騎士団は、もしもの時に援軍を送る程度に準備する事が決まった。


僕が久しぶりに聖域の屋敷でゆっくりしていると、いつも騒がしいシルフじゃなく、今日はウィンディーネが姿を見せた。

「ヤッホー」

「やあ、ウィンディーネ。どうしたの？」

「ネェネェ、タクミは海の中って興味ない？」

唐突に聞かれ、僕は首を傾げる。

「いや、そんなに……泳ぎは苦手じゃないけど、フルーナみたいな人魚族には勝てないし」

「思い出しちゃったんだ〜」

「何を？」

嫌な予感を覚えながら尋ねると、ウィンディーネが答える。

「ちょっと前に、沈んだ島」

「島？」

「そう。ここから北西方向にあった島」

「そんなのあったっけ？」

ウィンディーネはそう言うけど、島なんて沈んだら気付きそうなものだけどなぁ。

「えっと、いつくらいの話？」

「う～ん。確か五千年くらい前だったかな」

「ご、五千年……」

ちょっと前にって言うから記憶を辿ったものの、思い出せないわけだ。知らないんだから。

五千年も前って……話のスケールが大きすぎる。

「ま、まあ、五千年前はいいとして、その沈んだ島に何かあるの？」

「ええ、結構栄えた島だったから、遺跡は残ってると思うわよ」

「遺跡ねぇ。海の底まで見に行く価値あるの？」

五千年も前の海底遺跡。興味はあるけど、何も残ってなさそうだ。

「それがあるのよ」

「何が？」

「海水に五千年浸かってても不変のモノがね」

「もしかして……」

勿体ぶるウィンディーネだけど、海水に五千年浸かってても変わらず残っているモノなんて流石の僕もピンと来る。

「そう。オリハルコンが多く眠っているわ」

「やっぱり……」

土の大精霊ノームの鉱山がある聖域でも、オリハルコンは極少量しか採掘出来ない。それがたくさんあるなんて……ウィンディーネが嘘《うそ》を吐くとは思わないが、素直に信じられない。

「ああ～、その顔信じてないわね。まぁ、それも仕方ないか。あの島は高度古代文明時にオリハルコンが集められた、宝物庫みたいな場所だったのよ。誰かさんのせいでね」

「随分と懐かしい話をしておるの」

「うわっ、ノーム⁉」

僕とウィンディーネが話していると、ノームが唐突に話に入ってきた。

「ひょっとしてノームが関わっているの？」

「うむ。あの島を沈めたのは、儂とサラマンダーとウィンディーネじゃからな」

「えっ⁉」

何でもないように衝撃的な発言をするノーム。

「どうして？」

「なに、驕《おご》った人間達が、儂らの忠告を無視し、世界へ致命的なダメージを与える兵器を造り、この世界を支配せんとしたからじゃな」

「あったわねぇ。地脈や大気中から強引に魔力を掻き集め、災害級の魔法を放つヤツ」

「ああ、それで見せしめに小国を消し去ってやった」

「…………」

僕は思わず無言になってしまう。

大精霊であるノーム達が直接介入するなんて、よほどの事だったんだろう。

「その兵器が危険だから沈めたの？」

「それもあるが、放っておけば、この世界の魔力の流れや濃度が滅茶苦茶になったからの」

「そうね。その先は、この世界に住む者の絶滅ね。生き残るのは高位の竜種くらいじゃない」

ノームとウィンディーネの話を聞くと、島を沈めたのも納得は出来ないけど理解は出来る。

「もしかして、その兵器が沈んでるのか？」

「原形は留めておるか分からんがな。いや、素材がオリハルコンじゃから意外と残っておるかもな」

「ええ、ノームとサラマンダーが念入りに壊したけど、兵器そのものは形は残ってるんじゃない？」

「面倒じゃからバラバラにはせんかったしの」

二人の話を聞いて、僕はウィンディーネがやって来た理由を思い出す。

「ウィンディーネが、このタイミングで海底遺跡の話をしたのは、それを回収してほしいから？」

「分かった？」

「そりゃ分かるよ」

海底に沈むオリハルコンの残骸を回収出来るのは、それこそ人魚族くらいだ。

だけどオリハルコンは、ノームの鉱山がある僕達にとっても希少な素材。

ヴァジュラやフドウがそうであるように、オリハルコン製の武器は聖域でも特別だ。

今では、皆んなの武器に少しずつ使っているから忘れそうになるけど、世間では王城の宝物庫にあるかどうかだ。

「オリハルコンはタクミ達が使う分には問題ないじゃろうが、使い方を間違うと世界のバランスを壊しかねん兵器となるかもしれんからな」

「今の技術や知識じゃ無理でしょうけどね。可能性があるのはタクミくらいだもの」

「そうだね。まあ、オリハルコンは合金にして装備に使う以外、あまり考えた事なかったけど」

ウィンディーネとノームとしては、残骸とはいえ、そこからどのような兵器なのか研究し、再現する者が出てくるのを阻止したいらしい。

二人の話では、海底に沈んだ島には、高度な魔法文明で栄えた国があったそうだ。

しかし、二人が国一つ沈めたんだと思っていると、ウィンディーネから少しだけ訂正が入る。

「勘違いしてほしくないんだけど、島と一緒に沈んだのは王族や貴族の一部、あとは研究者達だけよ」

「儂ら精霊の忠告を無視したのは研究者や権力者じゃったからの」

「国民の大半は私達が島を沈めると予告した時点で、大陸に避難したのよ」

その頃の精霊は、今よりもずっと人と近い存在だったそうで、大半の人は精霊の忠告に従ったらしい。

「あの国は、小さな島故に魔法研究や魔導具研究などが盛んでの。それで大陸の国々と渡り合っておったんじゃ。儂も物作りや技術の発展はむしろ推奨する立場じゃが、奴らはやりすぎた」

「ノームも気に入って、あんな小さな島にオリハルコンの鉱床《こうしょう》を創ってあげたのにね」

「そうなんだ。因みにどんな兵器だったの？」

詳細を尋ねると、ノームがうむと頷いて答える。

「この世界の天候を自在に操るものじゃ」

「なっ⁉」

ノームが言うには、指定した地域に年中豪雨を降らせる事も、逆に雨を一切降らせなかったり、気温を高くしたり低くしたりする事も可能だったらしい。

「それは、精霊への反逆に等しいね」

「そう。この世界の自然を司る精霊に真っ向から喧嘩売っているわよね」

「あ奴ら、ノルン様の神託をも無視したからの」

ウィンディーネとノームが呆れた顔で言った。

「……ノルン様が危ぶむくらいだったんだね」

天候を自在に操る兵器なんて、もうそれは人が手を出していい領分を超えていると僕でも思う。

しかもノルン様の神託まで無視するとは……この世界じゃ考えられない思考の人達だったんだろうな。

神光教がまだ存在しなかった時代。精霊が人と身近だった頃。創世の女神ノルン様を近くに感じる神官も多かったはずだ。そんな時代に無神論者に近い人種がいた事に驚きを隠せない。

「あれ、でもそんな国があったなら、大陸も今の技術よりずっと進んでたんだよね？」

「魔力や地脈の乱れは、大陸にも大きな影響を及ぼしたからの」

「何度か魔物が各地で氾濫して、国がいくつもなくなったわ」

当時、大陸は多くの小国が入り乱れていたらしい。人口が減少し、技術が失われて現在のように安定するまで、かなりの年月がかかったという。長い時を生きる大精霊が言うなら、そうなんだろう。

「それに、聖域以外にオリハルコン製の装備が多く出回るのもね」

「うむ。外には出さん方がいいじゃろうな」

「確かに、僕達の装備は漏らせないかもね」

装備一つで、パワーバランスが崩れるとは思わないけど、念のためにね。

「とりあえず、海底の残骸を回収する方法を考えてみるよ。因みに、どのくらいの水深なの？」

「確か百メートルくらいね」

「うむ。それほど深くはないぞ」

ウィンディーネやノーム的には深くないのかもしれないが、生身で潜る水深じゃないな。まあ、高レベルな僕達の身体能力なら出来るかもだけど。

「百メートルか……うん、何か考えてみるよ」

「お願いするわ。そんなに急ぎじゃないから、危なくないようにしてね」

「うむ。また必要な金属があれば言うのじゃぞ」

ウィンディーネとノームはそう言って、その場から姿を消した。

僕はメリーベルにお茶のお代わりを頼み、リビングであれこれとアイデアを出し、メモしていく。

さて、工房に行こうかな。

49　アイデア出し

屋敷を出る前に海底遺跡に向かうメンバーを、僕とアカネとルルちゃん、カエデに決め、それぞれに伝えておいた。あと予定が合えばレーヴァかな。

これはソフィア達の出産予定日がそろそろなので仕方ない。どうせ、子供が生まれたらしばらく忙しくて動けないんだけどね。

工房に入ると、もはや工房の主人かのように引き籠もっているレーヴァがいた。

「おや、タクミ様。何か作るでありますか？」

「ウィンディーネとノーム絡みでね」

「ほうほう。どういった話ですか？」

「それがさぁ……」

僕は何千年も前に沈んだ島から、壊れた魔導兵器の回収を頼まれた事を説明する。

「海底ですか。それは面白そうでありますな。水深はどの程度でありますか？」

「ウィンディーネが言うには、百メートルくらいって話だけど、場所によってはもっと深いかもしれないね」

「魔法を使えば、生身でもいけそうでありますが、魔力が持つか分からないでありますな」

「魔法か。その考えはなかったな。でも、確かに魔力量は問題になるね。海底で魔力が切れたなんて洒落にならないから」

レーヴァの言うとおり、長時間海中で行動するには魔力の心配があるし、海の魔物への対処も必要になる。やっぱり生身という選択肢はないな。

「僕としては、海中で自在に活動出来る乗り物を考えているんだ」

「ほうほう。ウラノスやレーヴァのドラゴンフライちゃんのようなものでありますな」

「ま、まあ、そうなるかな」

レーヴァにねだられ造った小型の戦闘機がドラゴンフライだ。今もちゃん付けするくらいに気に入って、たまに聖域の近辺を飛んでいる。

「僕としてはウラノスくらいのサイズの潜水艇を考えてるんだ」

「おお！　海の中に潜る乗り物でありますか。面白そうであります！」

毎度の事だけど、新しいものを作るとなるとレーヴァのテンションは高くなるね。

そこまで大きなものを作るつもりはないが、海の魔物は大型のものが多いので、小さすぎるのもダメだと思う。

「まずは、仕様を決めるであります」

「そうだね。海の中での活動になるから、ウラノスやサラマンダーとは要求される性能が違うし、一から考えようか」

僕はレーヴァと、潜水艇を造る上で必要な要素をあげていく。

「水深百メートルって話だけど、水圧に対する能力は余裕が欲しいな」

「水圧でありますか？」

「ああ、水深が深くなるほど、周囲からかかる圧力が増すからね。深海になると、もの凄い圧力がかかるはずだよ」

「それは、頑丈に造る必要がありますな」

ウィンディーネは、水深百メートルと言っていたが、それが数倍深くても大丈夫なようにしておきたい。

「潜水艇の周りに結界を張るのはダメでありますな。周囲からの圧力が増す度に、結界に使う魔力が増えるであります」

「そう、僕も結界は考えたんだけど、魔力の消費が激しくなりそうなんだよね」

この世界特有の魔法技術を使った潜水艇になるとは思うが、流石に水圧に対して結界魔法だけで対応するのは魔力の燃費が悪い気がする。

「まあ、それはともかく、水密機構は念入りに考えないとね」

「塩水に対する備えも必要であります」

「海水対策は、オケアノスで経験しているから何とかなるかな」

「推進装置はどうするでありますか？　やっぱりスクリューでありますか？」

「それもこれから考えるよ」

潜水艦は敵に極力見つからないよう、音を立てない仕組みになっているけど、今回僕達が造る予定の潜水艇にはあまり必要ない。

　音を立てないという事は、魔物にも見つかりにくいのでいい事なんだけどね。

　また潜水艦では、トリムタンクという前後の海水槽《かいすいそう》に海水を注入してバランスを取る。僕達の潜水艇も潜水艦のように、ある程度その仕組みを取り入れた方がいいかもしれないな。

　僕は潜水艦の仕組みを参考に、レーヴァに説明していく。

「ふむふむ。海中を自在に航行するのは、海水を利用した方法がいいのです？　魔法でも可能だと思うのであります」

「確かにトリムタンクを作ると、その分スペースを確保しないといけないもんね」

「であります。タクミ様なら、海中での潜水艇の姿勢制御を魔法で何とか出来るでありますよ」

　船内のスペースに関しては、空間拡張するのが前提なので、潜水艦みたいに狭くて窮屈《きゅうくつ》なんて事にはならないと思う。

　とはいえ、スペースが広いに越した事はない。スペースに余裕があれば、その分を他に回せるしね。

「ウラノスに、潜航能力を追加するって考え方の方が僕達らしいか」

「そうでありますよ。その方が、かっこいい形に出来るであります」

「……レーヴァは形から入る人だったね」

　レーヴァは作るものの見た目にこだわるタイプだ。

　完成したもののセンスはさておき、ね。

次に決めるのは、どの程度頑丈に造るかだ。

「一応、海底遺跡は水深百メートルだけど、どうせ潜水艇を造るなら、もっと深いところまで潜れるのを目指したいかな」

「それは当然であります。深い海の底なんて、人魚族でないと見られない場所であります」

「じゃあ、それぞれ必要と思う機能や性能を考えてみよう」

「了解であります」

僕とレーヴァは各自、盛り込む機能や、それに必要な魔法を書き出していく。

深海探査船みたいに、小さな窓しかないのは嫌だな。勿論、あまり大きくは出来ないが、自分の目で海の中をしっかり見たい。

ウィンディーネとノームからのミッションであるオリハルコンの残骸回収は、アーム型のマニピュレーターにアイテムボックスをつけておけばいいだろう。

推進装置はスクリューでもいい。本物の潜水艦みたいに、音に気を使う必要がそれほどないからね。ただ、水属性魔法を使った方が機構がシンプルなんだよな。

「因みに、攻撃手段はどうするでありますか？」

「それなんだよね。一応、魚雷《ぎょらい》を考えているけど、その辺は要相談かな」

「魚雷？　でありますか？」

「ああ、魚雷じゃ通じないか」

それはそうだよね。この世界には潜水艦も魚雷を主兵装とした駆逐艦もないからね。

僕はレーヴァに魚雷の説明をする。

「なるほどであります。水中で魔法は難しいでありますからな」

「うん、時空間魔法で空間を強引にズラすなんてのは使えそうだけど、きっと馬鹿みたいに魔力が必要になるだろうし」

「火や風は無理でありますしね」

「土属性だって、水の抵抗の中では難しいし、雷の魔法なんて、自分達にも影響が出そうだしね」

唯一、無属性の法撃なら可能性はあるが、これも海中で実験しないと分からない。

「ただ、爆発させるのは魔法を使うべきだと思うんだよね。僕が海の大型の魔物に効くような兵器を作りたくないからなんだけど……」

「ゼロ距離での爆炎魔法なら海中でもダメージを与えられるでありますよ」

「うん。ゼロ距離なら他の属性も色々と使えそうな魔法はあるよね」

兵器の進化の時計を僕が進めるなんてしたくない。オケアノスやウラノスやガルーダがあるし、今さらかもしれないが、少なくともアレは聖域の外では作れないからセーフとしてほしいかな。

武装はその魚雷擬《もど》きと、さっきのゼロ距離攻撃から思いついた、アンカーを打ち込んで電撃や氷結の魔法を放つ武器。とりあえず、コンセプトは探査船だから、そんな感じで十分だろう。

それよりも絶対に必要な機能を詰めていこう。

「どこまで深く潜っても大丈夫っていうのはやりすぎかもしれないけど、相応に深い水深をいける船じゃないとね。それと密閉空間だから、酸素をどうするかも考えなきゃな」

「確か、タクミ様から聞いた憶えがありますが、二酸化炭素が増えるとダメなのでありますな」

「まあ、酸素が濃すぎるのもダメだけど、常に適正なバランスをとるのは大事だね」

「その辺りの処理は魔法でありますか？」

「そう考えてるよ」

酸素ボンベを積む方法も考えたものの、海水から酸素を取り込んで、常に潜水艇の中の空気のバランスを調整するのがいいだろう。活動時間は長いに越した事はないからね。

「まあ、何かあってもタクミ様が船ごと転移して聖域に戻ればいいでありますからな」

「サイズが大きいから魔力をかなり消費しそうだな……でも、緊急時にはそれもありだね」

レーヴァが言ったように、何か不測の事態があっても最悪転移で避難出来る。

「酸素や船内の温度は魔導具で管理しよう」

「それがいいでありますな」

「推進装置は、水属性の魔導具でいいかな」

「風属性よりはスムーズだと思うであります」

「なら、姿勢制御は重力魔法。推進装置は水属性魔法。あと補助的に舵があればいいか」

「ですです。では、先に船内の広さを決めるために、潜水艇のデザインを大まかに決めるであります」

「だな」

レーヴァと話していると、ぽんぽんと仕様が決まっていく。

さて、ここまで詰めたし、次は船のデザインを決めようか。

50　潜水艇

まず、前世でよく知る潜水艦のイラストを描いてみた。

実際、自分で描いてみると、潜水艦の形はよく出来ているんだと分かる。僕も魔法という技術や前世では存在しなかった金属や魔物素材がなければ、同じような形の船を作ったかもしれないな。

この世界には様々な素材があるので、形はある程度自由だ。そこで今回は海の生物をモチーフにしようと思う。

クジラにシャチ、イカやエイのイラストを描いていく。とりあえず色々と描いてみて、その中からピンと来るものを選ぼう。

マッコウクジラなどは、深海まで潜り餌を獲る脅威的な能力を持つ。潜水艇のデザインのモチーフにするに相応しいと言える。

イカやエイも海の深い場所にいそうだが、イカは形が女の子うけが悪そうだし、エイは平べったくて船内のスペースが狭くなりそうだな。まあ最悪、空間拡張を強めに付与すればいい話だけど、今回は船体の強化に重きを置きたい。

ふとレーヴァの方を見ると、何やら虫っぽい絵が並んでいる。

「……レーヴァ、それって空飛ぶ虫だよね」

「そうでありますよ。かっこいいが全てであります」

「そ、そうなんだ」

かっこいいかは置いておいて、虫の形も悪くない。水生昆虫も色々といるしな。

タガメやゲンゴロウ、ヤゴもありだな。

シャカシャカと紙に鉛筆を走らせる。

水生昆虫をモチーフにすると、手脚が多くなるから作業はかなりやりやすいんだよね。タガメなんかは、前の二本の脚が武器になるし。

ただ、水生昆虫というと淡水のイメージなんだよなぁ。

「この二つかなぁ」

「どれどれであります」

僕はタガメっぽいデザインと、シャチっぽいデザインの二通りのイラストをレーヴァに見せる。

「ほぉ。かっこいいでありますな。レーヴァのも見てほしいであります」

「どれどれ……随分とユニークなデザインにしたんだね」

「そうでありますか？」

レーヴァの描いたものを見ると、そこにはアメンボやミミズ、グソクムシに見える絵が描かれてあった。

グソクムシはまだいい。深海にいる生物だからね。ミミズはそもそもどう潜水艇にするつもりなんだろう。アメンボに関しては水の上だし。

「レーヴァは、タクミ様の描いたソレが気に入ったであります」

「あ、ああ、タガメかな。確かに脚が多いのは色々と役立つからね。僕的には、このシャチタイプもいいかなって……」

「うーん。ちょっと普通すぎるでありますな」

「いや、普通がいいと思うよ」

その時、工房にアカネとルルちゃんが入ってきた。

「進捗はどう？」

「ああ、アカネ。いまレーヴァと潜水艇のデザインを話し合ってるところだよ」

「それぞれのデザインを見せ合ってるであります」

僕とレーヴァが物作りしている工房に、アカネが来るのは珍しい。今回のミッションは自分達が行くから、気になったのかな。

「どれどれ……って、レーヴァ、ミミズはないわ。それに、これ、ダイオウグソクムシだっけ？ないわぁ〜。女の子が描いちゃダメなヤツよ」

「気持ち悪い虫ニャ」

「そうでありますか？　レーヴァは、可愛いと思うでありますが」

アカネとルルちゃんの意見を不思議そうな表情で聞くレーヴァ。

「で、タクミが描いたのがこっちなのね」

「虫とお魚ニャ？」

僕が頷くと、アカネは呆れた顔で溜息を吐いた。

「タクミも虫じゃない。これはタガメ？　まあ、グソクムシに比べるとマシかな。ウラノスも虫っぽいものね」

「単純に海中を航行するだけなら、シャチタイプの方がいいと思うんだ。ただ、タガメの方は攻撃にも作業にも使える脚があるからね」

僕のタガメは、虫っぽさを残しながらもかっこよく描けたので、レーヴァのグソクムシデザインよりは受け入れやすいんだろう。

「確かに、海底遺跡を探索するなら、脚が多いタガメの方がいいかもね」

「海の魔物をやっつけるのに、この二本の前脚は役立つニャ」

「そうだね。ゼロ距離で攻撃するのに、この鎌脚は使えるか」

一応、武器として分かりやすいように、普通のタガメより鎌っぽくしてある。

この鎌のブレード部分から魔法を放てるようにすれば、攻撃手段としては十分使える。これに加え、魚雷擬きの遠距離攻撃手段があれば、海の魔物に対しても何とかなるんじゃないかな。

それに後ろの四本の脚で、海底を這うように動き回れる。

「まあ、タガメでもシャチでもいいけど、ダンゴムシみたいなグソクムシやミミズは嫌よ。その辺はお願いね」

「お願いするニャ」

アカネとルルちゃんは言いたい事を言うと、工房から出ていった。

「……どうする？」

「……タガメにするであります」

「そうしよっか」

デザインはタガメっぽいのに決めた。


その後は、レーヴァと潜水艇の船体の大きさや船体の素材の相談だ。

「海の魔物は大型が多いであります。あまり小さな潜水艇では、防御力に不安があるであります」

「それはあるね。今回、人数が少ないから小型でも間に合うけど、安全性を考慮するならウラノスよりも少し大きいくらいでもいいか」

「その方がソフィアさん達も安心すると思うでありますよ」

「最悪転移があるって言っても、潜水艇が頑丈で安全なのに越した事はないからね」

海中で不測の事態が起こったとしても、落ち着いて転移するだけの時間を稼げるようにしないとね。

「キャノピーはどうするでありますか？」

「キャノピーねぇ。必要だろうなぁ」

今のタガメを元にしたデザインでは、虫の目にあたる部分をキャノピーにと考えている。それ以外にも戦闘機みたいに上側にあると便利か。

ただ、潜水艦には窓はないんだよな。深海探査船には小さな窓がある。今回の潜水艇は探査船だから、自分達の目で見られる窓は必要だと思う。

「キャノピーの大きさと形や素材も考えようか。強力なライトも必要だね」

「目視以外の索敵手段も欲しいであります」

「そうだね。僕達の自前のスキル以外に、潜水艇にソナー的な機能は欲しいか」

「探すのがオリハルコンなら、探知する魔導具も作れそうであります」

「確かに。特定の金属を探知する魔導具なら出来そうだ」

水深百メートル辺りがどの程度の暗さなのか分からないけど、真っ暗な状況を想定しておいた方がいいね。

「そういえば、シーサーペントの皮が余ってたよね」

「オケアノスやマーメイジャーのお陰で、シーサーペントは売るほどあるはずでありますよ」

「なら使えるね」

オケアノスにも使っているが、船体の外側にシーサーペントの皮を加工してピッタリと貼りつけると、物理耐性、魔法耐性共に優れた塗装代わりになる。

「タクミ様なら、海竜の鱗を錬金術で加工出来ませんか？」

「ああ、あまり大きなのはきついけど、このサイズの潜水艇ならいけそうかな」

レーヴァが提案してきたのは、シーサーペントよりも上位の魔物である海竜から取れる鱗。

海竜クラスの鱗を錬金術で加工するのは結構大変だ。魔力の消費も大きいし、錬金術を発動する前に、僕の魔力を馴染ませるのに多少時間がかかる。

とはいえ、海竜の鱗をタガメの外骨格みたいに使う案はありだな。

「とりあえず素材集めだね」

「で、ありますな」

僕とレーヴァは、手分けして素材の確保へと動き出す。

どうしようかな。オリハルコンを回収しに行く潜水艇を、オリハルコンメインで作るのは問題あるかな？


僕は聖域のある特殊な区画へと来ていた。

様々な種族が暮らす聖域において、何故かドワーフ率の高い場所。

そう、聖域の酒造工房だ。

ワインやエール、ウイスキー、ラム酒などなど、色々なお酒が造られている場所なんだけど、ここで働いている大部分がドワーフなんだ。少数エルフもいるんだけどね。

酒造工房では、ドガンボさんを筆頭にドワーフ達が忙しく働いている。僕を見つけて手を挙げ、軽い挨拶はするけど作業の手は止めない。本当、どんだけお酒が好きなんだよ。

ここに来た理由は勿論、もうここのヌシのような存在であるノームに、潜水艇に使う金属についての相談だ。

「ノーム、今いい？」

大精霊だけあり、ノームは僕が呼ぶと直ぐに目の前に現れた。

「用があるなら呼べば儂が行ったぞ。何せ海底探索は儂らの頼み事じゃからの。で、何の話じゃ」

「潜水艇の船体に使う金属なんだけど、何がいいかと思ってね」

「潜水艇……ああ、海の中をいく船の事か。オリハルコン合金がいいじゃろうが、タクミは何か考えがあるようじゃな」

ノームの言うとおり、一応ボンヤリと考えている事はある。

「それなんだけど、頑丈で重いアダマンタイトとオリハルコンって合金になるかな？」

「ふむ。難度は高いが、アダマンタイト七、オリハルコン三で合金になるの。魔力親和性はミスリルとオリハルコンの合金には劣るが、非常に硬くなおかつ粘りがある。多少重くなるのが欠点じゃ」

「うん。それがよさそうだな。今回は頑丈さが一番だから」

「そうじゃな。ヴァジュラやフドウのような聖剣《せいけん》を造るわけでもないからの」

この手の合金の割合は、僕なら錬金術で少しずつ試してみるしか方法はないのだが、今回はあまり時間もない。ノームに教えてもらえて助かった。

「必要になる量のオリハルコンって、南の鉱山で採れるの？」

手持ちの在庫は、武器や防具をいくつか作れるくらいはあるけど、潜水艇に使うには全然足りない。

「ふむ。採掘には手間はかかるが、量は問題ないぞ」

「そっか。なら、採掘頑張ってくるかな」

「おお、頼むぞ」

僕はノームにお礼を言って南の鉱山へ向かう。

とはいえ、移動は転移だ。歩くとなると距離はあるからね。

聖域は小さいと言っても、今では小国程度の広さがある。僕も急がない時は、ツバキの引く馬車かグライドバイクを使うんだけど。


レーヴァと一緒に聖域の南にある鉱山へとやって来た。

「オリハルコンだけじゃなくて、一応、アダマンタイトも確保しておくか」

「で、ありますな」

魔法金属として特別に優秀なオリハルコンだが、欠点がないわけじゃない。その最たる点が、扱いが難しいという事だ。

精錬するのも普通の炉《ろ》では難しく、そこから加工するのはさらに難度が上がる。

ドワーフの国であるノムストル王国でも扱える職人はいないかもしれない。

まあ、その理由の半分が、神匠《かみしょう》と呼ばれた優秀な職人であるゴランさんや、その兄弟弟子であるドガンボさん達が聖域にいるからなんだけどね。

「さぁって、掘るであります！」

「よし！　頑張るか！」

僕とレーヴァは、高い採掘スキルに任せてガンガン掘る。

ガルーダやサラマンダー、サンダーボルトを造ったお陰で、手持ちの金属類が少ない。

特に、聖域でも採掘スキルが高くないと採れないアダマンタイトや、そもそも埋蔵量自体が少ないオリハルコンのストックはほぼない。

これがミスリル辺りならまだあるんだけど。ミスリルも聖域以外じゃ超希少金属で高価だし、扱える鍛冶師も少ないんだよね。

坑道を土属性魔法で補強しながら、二人でせっせと掘り進める。

「ノーム様の鉱山でも、オリハルコンはなかなか採れないでありますな」

「それはしょうがないよ。しかし、おかしなものだね。苦労してオリハルコンとアダマンタイトを採掘して、それで造った潜水艇でオリハルコンを回収しに行くなんて」

「そういえばそうでありますな」

今回、深海とまではいかなくても、かなり水深の深い場所まで潜っても大丈夫なようにするため、魔鋼は船内の内装くらいにしか使っていない。

他は最低限ミスリル合金、外装に関しては、全部ノームお勧めのアダマンタイトとオリハルコンの合金で造る予定なので、採掘しなきゃいけない量が多い。

「海の魔物は大型のものが多いでありますから、船体は頑丈な方が安心なのです」

「だね。海の魔物は、まだ知られていない種も多いし、用心していこう」

それにしてもタイタンのボディを造った時も、そのアダマンタイトの量に苦労したが、今回はそれ以上だ。

僕もスキルやレベルが上がって成長しているはずなのに、比べるまでもなくあの時より大変だった。

「ゴロッと大きなオリハルコンの塊があればいいんだけど……」

「流石にノーム様でもそれは無理だと思うでありますよ」

「だよね」

思わず愚痴が出てしまうが、聖域以外でオリハルコンを採掘する事を考えれば千倍、いや一万倍マシなんだよね。


結局、僕とレーヴァが必要量のオリハルコンとアダマンタイトを採掘し終えるのに、十日かかった。

聖域の外の人からしたら「えっ!? たった十日？」と驚くだろうけど、聖域のノームの鉱山で僕やレーヴァがこんなに苦労するなんて滅多にない。

さあ、これでやっと設計に移れるぞ。

僕とレーヴァは、設計に入る前にお互いの役割分担を話し合うのだった。

◇

南の鉱山から工房に戻った僕とレーヴァが、次に取りかかったのは、採掘したオリハルコンとアダマンタイトの精錬作業だ。

「オリハルコンは、タクミ様にお任せなのが申し訳ないでありますよ」

「仕方ないよ。オリハルコンの精錬は、魔力を馬鹿喰いするからね」

僕達は、マナポーションを飲みながら精錬作業に勤《いそ》しむ。

途中、子供達が呼びに来て食事を取ったり、お茶休憩をしたり……この作業も当然ながら一日では終わらず、三日ほどかかった。

あまり自慢出来る事じゃないけど、マナポーションをガブ飲みしながらの作業は慣れたものだ。何かを造る度に通る道だからね。


オリハルコンとアダマンタイトの精錬が終わると、ミスリルと魔鋼も用意しておく。ミスリル合金は軽くて丈夫だし、色々な魔導具の製作において必需品だからね。

「作れる魔導具から作り始めた方がいいでありますか？」

「いや、潜水艇の大きさや空間拡張した後の船内スペースが決まってからかな。必要になる魔晶石の大きさもあるしね」

「魔導具の魔晶石は、共用するでありますか？」

「ある程度はね。安全のために個別にする魔導具もある」

「それもそうでありますな」

潜水艇自体はガルーダやオケアノスみたいに大きくないので、大きな魔晶石を一つ用意してそれで全てまかなうっていうのも可能だけど、万が一その魔晶石にトラブルがあった場合が怖い。

まあ、今のところトラブルが起きた事なんて一度もないが、それでも海中へ行くなら、念には念を入れよう。

「まず、推進装置と空気を作る魔導具は別経路にしないとね」

「船内の温度調節の魔導具も必要でありますよ」

「それはメインの推進装置と同じでもいいかな。別に分けてもいいけど」

水深が深い場所は温度も低い。船内温度を一定に保つ魔導具は必須だ。ただ、僕達の服には温度調節の付与がついているものが多いから、仮にトラブルで止まっても何とかなる。

「オリハルコンを回収する仕組みはどうするでありますか？」

「マニピュレーターにアイテムボックスを仕込もうと思うんだ」

「回収するオリハルコンの残骸が大きいと、アイテムボックスを付与するマニピュレーターの素材が問題になるであります」

「そこは、船体に使うものよりもオリハルコンの割合を増やした合金を使うつもりだよ」

「それなら何とかなるでありますな」

ウィンディーネとノームから回収を頼まれているオリハルコンの残骸が、どの程度の大きさか分からないので、相当でかくても収納出来るアイテムボックスを用意しないといけない。

実際、ミスリル合金でも十分だと思うけど、僕らの想定以上だったら困るからね。

その点、オリハルコンがメインの合金なら、相当無茶な付与も可能だ。流石は神鋼《しんこう》と呼ばれるだけあるね。

「では、設計図の前に、イメージイラストを描いて模型も作るであります」

「だね。その後、外で原寸大の模型を土属性魔法で作ろうか」

「その方が図面にした時、間違いがないであります」

僕とレーヴァは、とにかく決まった方向で、何枚もイメージイラストを描き始める。

お互いに意見を出し合い、細かな修正を重ねて描き上げると、簡単に図面に起こし、次に模型の製作に移る。

ここで、各部に無理はないか？　可動域の確保は問題ないか？　など、絵では分かりにくい部分のチェックをした。

同時に、立体となった潜水艇のフォルムが、かっこいいかどうかの確認も大事だ。

「タガメの目の位置と、その後方、中央にキャノピーかな」

「水圧と魔物からの攻撃に耐えられる強度がいるであります」

「何を使うかだね」

潜水艇のキャノピーを何で作ろうか二人で考えていると、いつものように、突然その場にウィンディーネが現れた。

「私に任せなさい！」

「えっ、ウィンディーネ。何か良さそうな素材を知ってるの？」

「当たり前じゃない。海岸に行くわよ！」

「ちょっ……行っちゃったよ」

言うだけ言って直ぐに消えたウィンディーネに溜息を吐く。

「ウィンディーネ様のお勧めなら問題ないと思うであります」

「仕方ない。行くか」

僕はレーヴァと聖域の西側、海岸へと転移した。


「こっち、こっち！」

ウィンディーネが僕とレーヴァに手を振っているので、小走りで近づく。

「そろそろ来るわよ」

「えっと、何が？」

僕が尋ねたその時、大きな水音を立てて海面に姿を見せたのは、ダイオウグソクムシに似た巨大な魔物だった。

「ウワッ⁉」

「ほら、早く仕留めてっ！」

「わ、分かったよ！」

僕はダイオウグソクムシ擬きを氷で覆《おお》い固める。

ウィンディーネは、ニコニコしてその氷に覆われたダイオウグソクムシ擬きを引き上げた。

「どう。使えそうでしょう？」

「そうだけど。何をするのか、先に教えてほしかったよ」

「細かい事は言わないの」

「細かくないよ……」

ウィンディーネに何を言ってもダメだな。僕は諦めて、引き上げられたダイオウグソクムシ擬きを確認する。

確かにウィンディーネが、この魔物の素材を勧めるのは分かる。ダイオウグソクムシのようで、目のようなものがいくつもある。これを使えという事だろう。

「これ、わざわざ海底から誘き寄せたの？」

「誘き寄せるなんて面倒な事しないわ。周りの海水ごと引っ張ってきたのよ」

どうやら海底に棲《す》む魔物を、周囲の海水で覆って引き上げたらしい。

「ふーん……あれっ、オリハルコンの残骸もその方法で出来ない？」

「どうせオリハルコンはタクミが使うんでしょう。ならいいじゃない」

「……」

僕とレーヴァは思わず黙ってしまった。

まあ、いいんだけどね。潜水艇を造るって楽しいし、今は他に優先すべき仕事も少ないし。

気を取り直して、こいつがどんな魔物なのかをウィンディーネに尋ねる。

「だいたい水深五百メートルより深い場所に棲む魔物よ。これは三千メートルくらいにいた奴ね。

主に死んだ魔物の死骸を食べる比較的大人しい種類」

「そんな深海に棲む魔物の素材なら使えそうだね」

ウィンディーネは大人しいと言ったけど、そこは魔物。僕達が目の前にいれば、問答無用で襲いかかるらしい。

そして、解凍してからが大変だった。大きいし硬いし、見た目が気持ち悪い。虫は比較的平気だけど、脚の数が多すぎてキモいんだよ。

結局、魔石と使えそうな甲殻《こうかく》、それとキャノピー用に使えそうな目を確保。あとは処分だ。

「あまり美味しくないけど、一応食べられるわよ」

「いらないよ。ウィンディーネは食べたいの？」

「当然、いらないわ」

「レーヴァもノーサンキューであります」

「なら廃棄だね」

もの凄く美味しいっていうなら少し考えたが、美味しくもないなら無理して食べたいと思える見た目じゃない。

こんなの持って帰ったら、メリーベルに叱られるよ。

とりあえず巨大なダイオウグソクムシ擬きのお陰で、キャノピーの素材は手に入れられた。

僕は工房に戻って魔晶石をいくつか錬成する。メインの大きな魔晶石と、サブの魔晶石を二つ。

潜水艇のサイズを考えれば、過剰と言っていいくらい余裕を持たせている。

その後、船体用のアダマンタイトとオリハルコンを錬成して合金を作る。レーヴァは、ミスリル合金の錬成だ。

小さな物を造るなら、こんな事しなくても材料を集めて一度で錬成すればいいんだけど、潜水艇のサイズでそれは無理がある。錬金術を発動する魔力が膨大になるからね。

だからある程度事前に準備しなきゃいけないんだ。

キャノピーは、ダイオウグソクムシ擬きから採ったドーム状の目を加工する。

ガラスのようにクリアで、しかも非常に軽い。それでいて深海の水圧に負けない強度なんだから凄い素材だよね。

タガメの目の部分と、戦闘機のキャノピーのような頭の上につける三つ分の錬成をし終えると、今日の作業はお終いだ。

「レーヴァ。今日はこの辺にしようか」

「はいであります」

お互い、ギリギリまで魔力を消費してマナポーションで回復、というのを繰り返して作業していたので夕方になる頃にはヘロヘロだった。

◇

潜水艇を造る間にも日々の仕事はある。

勿論、ウィンディーネやノームからのお願いなので、皆んなある程度忖度《そんたく》してくれるんだけど、それでも僕やレーヴァがする仕事はなくならない。

子供達と触れ合う時間も減らしたくない。

当たり前だが、今のエトワールやフローラ、春香と遊べるのは今だけなんだ。子供なんて直ぐに大きくなって、親離れするもんだって前世で両親が言っていた気がする。

「さあ、行くでありますよ」

「うぅ、分かってるよ」

子供達の事を思いながらも、レーヴァに引っ張られて工房へと向かう。

仕方ない。気持ちを切り替えよう。


レーヴァは、錬成を補助する魔法陣を描く作業に移る。僕は、詳細な図面と完成図を何枚も描き上げる。

この作業をサボると失敗の元だからね。

図面やイラストを描き終えると、素材を確認しながら置いていく。

「水竜の革と鱗はＯＫであります」

「オリハルコンとアダマンタイトの合金の量も間違いないよ」

「ミスリル合金の量も問題ないであります」

「魔晶石もこれでいいかな」

「キャノピーも三つOKでありますよ」

「魔鋼の量が意外と少ないか」

「船内も贅沢にミスリル合金を使う場所が多いでありますから」

間違いがないようにお互い声をかけながら、素材の量と種類を確認する。

その間も、僕は設計図を頭に焼きつけ、錬成する時のイメージを固めていく。

「こんなものかな」

「そうでありますな。あとは錬成後に設置するでありますよ」

そしてとうとう潜水艇の錬成に移る。

「パパー！　ガンバレー！」

「パパー！」

「パパー！　パパー！」

いつの間にか見学に来ていたエトワール、春香、フローラの声援に手を振り応えた後、目を閉じて集中する。

うん。設計図は頭の中にある。完成予想図もしっかりイメージ出来ている。

よし！

「錬成！」

レーヴァが描いた魔法陣が輝き、用意した素材を魔法の光が覆う。

僕からドンドン魔力が抜けていくのが分かる。ガルーダよりもずっと小さな船体だけど、その割に魔力の消費は激しい。

これは多分、使っているオリハルコンの量が多いからだと思う。しかもアダマンタイトとミスリル合金の量も多いからなおさらだ。

「うわぁー！　凄ーい！」

「パパ、カッコイイ！」

「虫さん？」

子供達それぞれから声が上がる。春香とフローラは、純粋に喜んでいるけど、エトワールは虫っぽい外見に首を傾げているね。

エトワール、そこは触れないでくれるとありがたいかな。ウラノスやドラゴンフライよりも虫っぽいのは分かってるから。

何せ、六本の脚があるからね。

「ふぅ、成功だね」

「各部のチェックをするであります」

「僕は、船内の仕上げをするよ」

二人で船体のチェックと仕上げの話をしていると、キラキラした目でエトワール達が僕達を見ている。

「……まだ動かないけど、乗ってもいいよ」

「「わぁーい！」」

僕が乗降口を開けるとエトワール、春香、フローラが歓声を上げて乗り込んでいく。

子供達はお利口さんだから、僕達の作業の邪魔はしないだろう。

魔晶石と各種魔導具の接続。照明を含めた内装の仕上げ。トイレとそれに伴う必要な魔導具の設置。

空間拡張が付与された船内は、ウラノスよりも少し狭い。それは魚雷タイプの攻撃用魔導具を発射する装置と、格納するスペースなどがあるからだ。

色々な魔導具の設置と操縦系統への接続が済むと、船体に強化系の付与を施していく。

「本当は、結界が使えれば楽なんだけどな」

「仕方ないでありますよ。深海の水圧に耐える結界は可能でありますが、魔力の消費量と調節が現実的ではないであります」

「分かってるんだけどね」

空気と水じゃ質量の違いが大きいからね。風圧と水圧を同じように結界で対処しようとすると、魔力の燃費が無視出来ないくらいに悪い。

だからアナログで深海に耐えられる潜水艇を造ったんだ。

潜水艇には、羅針盤《らしんばん》や強力なライトも装備している。深海では太陽の光は届かないから、強力なライトは必須だ。羅針盤は念のためかな。魔力感知能力が高く、索敵範囲も広い僕とカエデがいれば迷う事はないだろうしね。

　タガメの目の部分から子供達が顔を覗かせ、手を振っている。僕は手を振り返しながら、試験航行をいつにするか考え始めた。

51　名付けは難しい

　さぁ、試験航行だと思ってたんだけど、その前にアカネやレーヴァからストップがかかった。

「待ちなさい、タクミ。忘れてる事があるわよ」

「そうであります。大事な事を決めていないであります」

「えっ？　何だっけ？」

　僕が尋ねると、二人は呆れた表情を浮かべた。

「名前よ。名前」

「名前でありますよ。かっこいい名前がまだであります」

「な、名前？」

　まさか潜水艇の名前で試験航行をストップさせられるなんて思わなかった。

　特に、アカネはこの手の事に、いつもはノータッチのはずだ。今回は自分も海底遺跡探索に参加するからはりきっているのだろうか？

「ウラノスやオケアノス、ガルーダみたいに神話関係からつけるか、ドラゴンフライみたいにモチーフからつけるか、サンダーボルトみたいに、タクミが知ってる攻撃機からパクるかね」

「いや、パクるはやめて」

「うーん。アカネ殿の世界の神話はよく知らないでありますが、虫っぽいフォルムには合わないのではありませんか？」

「ねぇ、聞いてる？」

アカネもレーヴァも僕の事が見えていないのだろうか？

「そうね。タガメだもんね」

「でも、かっこいいでありますよ」

「………………」

二人ともまったく相手にしてくれない。

「そうねぇ。やっぱり海だからポセイドンかトリトンかしら。ポセイドンは少し名前が好みじゃないし、トリトン一択ね」

「トリトンでありますか？　レーヴァは良い名前だと思うであります」

「そう？　ならトリトンで決まりね。ルルもそう思うでしょう？」

「ニャ⁉　お、思うニャ！」

結局、ほぼアカネの独断でトリトンに決まったみたい。興味なさげに聞いていたルルちゃんも、アカネから急に話を振られて慌てて答えていた。

まあ、トリトンっていう名前は僕も悪くないと思うよ。確かポセイドンの息子だったかな？　アカネの好みじゃないって理由で却下されたポセイドンは可哀想だな。

そういえばアカネが、僕達の造った乗り物に名前をつけるの初めてだったっけ？　まあ、今回の依頼以外で、あまり使い所がなさそうな潜水艇だから、どんな名前でもいいんだけどね。

「アカネ、名前も決まったし、潜水艇の試験航行するけどいいよね」

「トリトンね」

「あ、ああ、トリトンの試験航行ね」


さあ、いよいよ試験航行だ、と思ったら——

「……レーヴァだけなんだね」

「アカネさんとルルちゃんは屋敷に戻ったであります」

「うん、まあいいや。行こうか」

今はレーヴァと聖域西側の海岸に来ていた。聖域の結界は西側の海を含むので、沿岸部は魔物も近づかない。

「砂浜からでありますか？」

「うん。脚での移動も試したいからね」

「なるほどであります」

聖域の海岸部には、砂浜のような水深の比較的浅い場所から、オケアノスみたいな巨大戦艦が接岸可能な港のある水深の深い場所まである。

潜水艇を普通に浮かべるなら港なんだろうけど、トリトンは前世にあったような潜水艇にはない特徴を持っているからね。

「さあ、乗り込もうか」

「はいであります」

僕とレーヴァは、船体上部のハッチを開けてトリトンに乗り込む。

円形に開いたハッチは、分厚く頑丈だ。僕の造った乗り物の中では、こんな小さな入り口は珍しい。

船体前方中央の操縦席に座る。レーヴァは、そのさらに前方、少し下がった場所にあるタガメの目に当たる場所にある席に座った。

僕が座っているところが、トリトンの操縦席で、レーヴァの席で格納してあるマニピュレーターを操る。そして残ったもう一つの目の場所にある席で、魚雷擬きを発射する。

全部、僕の席で操作出来ない事もないが、不安定な水中でマニピュレーターを操作するのは難しいし、操縦と魚雷による攻撃も分けた方が楽だからね。

「微速前進」

「おお、なかなかスムーズでありますな」

「でもやっぱり脚を使っての移動ではスピードは出ないね」

トリトンは、タガメをモチーフにしているので脚は六本だ。その内の前の二本はどちらかというと攻撃用なので、後ろの四本で歩く事になる。流石に、このサイズの潜水艇を高速で移動させるには弱い。

ザバザバと海へ入るトリトン。

「海面に浮上した状態での安定性も問題なさそうだね」

「浮上時は、両目の窓は海中を、操縦席のキャノピーは海上を確認する形でありますな」

「うん。ともあれ順調だね」

船と同じくらいには安定性はよさそうだ。船体のバランスを取るためのオートバランサーが上手く機能しているみたい。

「じゃあ、海上航行のテストに移るよ」

「了解であります」

推進装置である水流操作の魔導具の出力を徐々に上げると、トリトンが海面をスムーズに加速し始める。

「一応、高速航行のテストもするよ」

「了解であります」

僕は、変形した前脚と他の四本の脚を操作する。すると高速艇のように、トリトンの船体のほとんどが海面から浮上する。

「ほっほうっ！　なかなかのスピードでありますな！」

「だね。海上を航行するなら、このくらいが限度かな」

「で、ありますな。波の荒い場所でのテストもするでありますか？」

「いや、トリトンは潜水艇だからね。海上航行はこの程度で十分だよ」

聖域の結界を越えて高速航行のテストをしていたので、一旦結界の中へと戻る。

この後、高速航行により船体に不具合が出ていないかチェックして、いよいよ潜航試験だ。

52 潜航試験

聖域の結界内で、水深の深い場所へ移動する。

「レーヴァ、このまま潜航試験に移る」

「了解であります」

潜水艦なら海水をトリムタンクに注水して潜航するが、トリトンはそれを行わない。

重力魔法と舵で船体のバランスを取りながら、トリトンは潜航を始める。

前方を強力に照らすライトをつけ、ゆっくりと潜っていく。

「船体に問題ないであります」

「うん、船体のみで十分水圧に耐えられるみたいだ」

「海水からの酸素取り込み良好であります」

「船内の酸素濃度も一定だね」

トリトンはアダマンタイトとオリハルコンの合金だけあって、水圧にしっかり耐えられる事が分かった。水竜の鱗と皮を加工して表面に貼ってあるのも有効だったみたいだ。

海水から酸素を取り込む魔導具の動作も問題ない。同じく船内の酸素濃度を一定にする魔導具も正常に動いている。

その後、トリトンを急速潜航させたり、逆に急浮上させたりを何度も行い、船体や魔導具に異常がないかチェックを繰り返す。

「魚雷擬きのテストは無理だね」

「的《まと》がないでありますし、勿体ないであります」

「だね。じゃあマニピュレーターの動作試験をしようか。アイテムボックスに上手く収納出来るかテストしないとね」

「マニピュレーターは、レーヴァにお任せであります」

「ああ、頼むよ」

海底付近まで潜航すると、脚を伸ばして船体を固定する。

レーヴァは、マニピュレーターを操作して大きな貝を収納しようとしている。生き物の収納が出来ないアイテムボックスだけど、貝や大きすぎない魚は何故か大丈夫なんだよね。

「おおっ、なかなか自由自在に動かせるであります。これなら小さなものでも回収出来るでありますよ」

「うん。アイテムボックスも問題なさそうだね」

「では、一度大きなものを収納してみるであります」

「そうだね。多分、オリハルコンの残骸はそこそこ大きいだろうし」

レーヴァは窓から目視で使えそうなものを探す。

「おっ、あの岩を収納してみるであります。タクミ様、三時方向に前進であります」

「了解」

レーヴァの指示通り、トリトンを移動させる。

距離的に直ぐそこなので、脚を使って海底を這うように進ませる。

「おっと、ストップであります」

起伏の大きな海底をスムーズに移動するトリトンを、レーヴァの声で止めた。

ライトに照らされた大きな岩にマニピュレーターが伸び、次の瞬間大きな岩が消える。

「成功であります！」

「レーヴァ、取り出しのテストもお願い」

「了解であります。この場に戻してみるであります」

レーヴァが手元で操作すると、その場に再び大岩が現れた。

「うん。問題なさそうだね」

「マニピュレーターを収納するであります」

船体にマニピュレーターが収納されていく。水漏れもない。収納されたマニピュレーターは、その時点で浄化の魔導具により汚れや塩がキレイに除去された。

「じゃあ、しばらく潜航試験をしてみて、船体各部に異常はないか、魔導具は問題なく機能しているか、また確認だね」

「レーヴァがチェックしていくので、タクミ様は操作性の確認をお願いするであります」

「分かった」

オリハルコンの残骸回収に目処《めど》が立ったので、あとはある程度長い時間潜航しても問題がないかのチェックだ。

僕は急潜航と急浮上を繰り返したり、最大速度からの急減速をしてみたりと、舵や重力魔法の魔導具に負荷のかかる操縦にチャレンジ。その間レーヴァが船体に問題がないか、船内の酸素濃度や快適な室温は保たれているかなどをチェックしていった。


トリトンの潜航試験が八時間を超えた。そろそろ終了でいいだろう。

「レーヴァ、もう戻ろうか」

「そうでありますな。トリトンの船体及び各魔導具は問題ないであります」

「うん。これであとはアカネ達と出発の日を決めるだけだね」

「レーヴァは、もう一度ウィンディーネ様に、海底遺跡の位置を確認しておくであります」

「頼むよ」

僕はトリトンを浮上させ、聖域の港へと帰路に就《つ》く。

トリトンの試験は合格だ。問題がなさすぎて逆に不安になるくらい。少しでも問題が見つかった方がいいんだけどな。

まあ、経験のない海中という事で、僕とレーヴァが特に安全に気を付けたから、こんなものかもしれない。

さあ、海底遺跡へレッツゴーだ。

53 海底遺跡

早速、アカネに出発日を相談しに来た。

「ソフィア達の出産も近いんだから、早いところ行ってきましょう。明後日でどう？」

「僕はアカネがいいならいつでも大丈夫だよ」

「レーヴァも、パペックさんへ納品するものは終わっているでありますから、いつでもＯＫであります」

明後日で問題なさそうだ。あとはアカネの従者のルルちゃんと僕の従魔のカエデだからね。

「じゃあ、明後日早朝に出発でいいわね」

「「了解（であります）」」

海底遺跡の場所はそれほど遠くないので、探索には何日もかからないだろうけど、ソフィア達の事もあって、そんなに日にちはかけたくない。

アカネも同じ気持ちだったみたいだ。

◇

出発日、子供達やソフィア達の見送りに手を振って応え、僕達はトリトンに乗り込む。

僕が操縦席に座り、レーヴァは右目の位置にある席に、ルルちゃんが左目の位置にある席に着く。

アカネ？　アカネは船内後方にあるソファーでくつろいでいるよ。何処にいても変わらない態度は感心すらするね。

「じゃあ出発進行！」

「はい、はい」

何故かソファーでふんぞり返るアカネの号令でトリトンを発進させる。

水上をスムーズに走り出すトリトン。今回、目的地近くまでは、海上を高速艇バージョンで進む予定だ。

聖域の結界を抜け、スピードが上がると船体のほとんどが浮き上がり、ほぼ六本の脚だけが海面と接した状態になる。

「イヤッホォーー！　速いであります！」

「レーヴァ、騒ぐのはいいけど、海図の確認はお願いね」

「分かってるでありますよー！」

ドラゴンフライの時に判明したのだが、レーヴァはスピード狂だ。でも、船でもそうだとは思わなかったよ。ルルちゃんも楽しそうだからいいんだけどね。

そうこうするうちに、ウィンディーネとノームから教えてもらった場所の付近に到着した。

「レーヴァ、この辺だよね」

「間違いないであります」

レーヴァに確認を取って、いよいよ潜航を開始しようとした時、アカネからストップがかかる。

「待って、タクミ。先に昼食にしましょう」

「お腹が空いたニャ」

アカネとルルちゃんにとっては、海底遺跡の探索よりもお昼ごはんみたいだ。

「わ、分かったよ」

「そういえば、お昼ごはんを忘れてたであります な」

僕はトリトンの結界装置を起動させ、操縦席の後方、アカネの座るソファーが置かれた場所へ向かう。そこでアイテムボックスから皆んなの分の昼食を取り出した。

これは事前に作ってもらっていたものだ。流石に潜水艇の中で料理はね……

昼食と少しの休憩の後、僕達は探索を始める。

「レーヴァ、位置の確認はお願いね」

「了解であります。とりあえず、このまま潜航で大丈夫であります」

「分かった」

遠くまで照らす強力なライトを点灯し、トリトンはゆっくりと潜水していく。

念のため、急激な潜航はしないつもりだ。潜航試験では問題なかったが、何かあった時に転移で避難出来る余裕はほしいしね。

「わぁー！　凄くキレイニャ！」

「本当ね。たまには海の中もいいわね」

ルルちゃんとアカネは、窓から外の景色を見て喜んでいる。

あの二人は通常運転、気楽なものだ。いや、確かに綺麗だけど。

だんだんと太陽の光が届かなくなり、周囲が暗くなっていく。

聖域の北西方向であるこの海域は、透明度が比較的高いとはいえ、水深六十メートルを超えると、もうライトがないとキツくなる。

大型の海棲《かいせい》の魔物がいるとはいえ、広い海の中、そうそう遭遇《そうぐう》するわけじゃない。見かけても、魔物が襲ってこない限りスルーなので、目的地まではそれほど時間はかからなかった。

ウィンディーネとノームから、かなり正確な位置を教えてもらっていたしな。

海底に沈められた島は、島としては大きな部類に入るらしい。一つの国だったんだから当然か。

大陸から離れていたお陰で、攻められる心配は少なく、特異的に発展した魔導科学により、大陸の各国と渡り合っていたそうだ。

それだけなら純粋に凄いけど、彼らは間違えた。

ノームの加護に驕り、オリハルコンで世界のバランスを壊しかねない兵器を作ってしまった。だからって、島ごと沈めるのはどうかと思うが、仕方のない事だったんだろう。

「おっ、タクミ様。この辺りが沈んだ島だと思うであります」

「海底の起伏を見ると多分間違いないね。じゃあ、オリハルコン製の魔導具の残骸を探そうか」

「島とはいえ広いであります。そう簡単じゃないでありますよ」

「まず、島の大陸側の外周付近を探そう。いくら何でも危ない魔導具を島の中央には設置しない気がする」

「それもそうでありますな」

あまりに長い時間が経っているので、埋もれて見つけられないのでは？　と思いそうだけど、その辺はウィンディーネから事前に情報を得ている。

この海域、化石になるプランクトンは少なめで潮の流れもあるので、堆積物が数メートルって事はないらしい。

「人工物っぽい形を見つけたら教えて」

「了解であります」

「分かったニャ」

ものがオリハルコン製という事で、僕はほぼそのままの形で残っているんじゃないかと予測している。オリハルコンは、海水でも錆《さ》びる事はない。しかも生半可な衝撃では傷をつけるのも難しいからね。

水深が深くなると思っていた以上に暗くなる。強力な照明がなければ真っ暗だと思う。

ライトに照らされた範囲を慎重に探しながら移動する。

そこでレーヴァがしきりに首を傾げている事に気付いた。

「どうした、レーヴァ?」

「いえ、ウィンディーネ様から、堆積物は少ないと聞いていたでありますが、それにしても不自然なくらい少ないであります」

「……そう言われるとそうだね」

光で照らされた海底には、それこそ昨日今日沈んだのかと思うくらい、堆積物どころか海藻や貝の類、珊瑚《さんご》なんかも見えない。

「いいじゃない。お陰で見つけやすいんだから」

「まあ、それはそうなんだけどね」

アカネはまったく気にならないらしい。

堆積物は少ないものの、僕達の目に映っているのは、悠久の時が経ったのだと何故か理解させる海底遺跡の光景だった。

建物は石造りだったようで、まだ形を残している場所もある。

しばらく寂しげな海底遺跡の上を航行して目的のものを探していると、アカネが提案する。

「ねぇタクミ。オリハルコン製の魔導具だったんなら、魔力感知で探せないかしら」

「それありだね」

「魔導具には魔石が付き物であります！」

大型の魔導具だったのなら、きっと巨大な魔晶石を使っていたはずだ。その魔晶石の魔力なら感知出来るかもしれない。突然沈んだのなら、魔晶石の中に魔力が残っている可能性が高い。

実際にやってみると、案の定、微弱だけど反応があった。

「アカネ、お手柄だよ」

「僅かに反応があるであります！」

「まぁ、こんなものよ」

「アカネ様、凄いニャ！」

僕は反応があった方向へと舵を切った。

54　残骸？

僅かな反応を頼りに、トリトンは海中を進む。推進装置は水属性魔法の魔導具。水流操作の魔導具なので、その航行は驚くほどスムーズだ。

やがて崩れたドーム状の大きな建造物が見えてきた。

「アレかな？」

「多分、間違いないであります」

僕がドームを指差すと、レーヴァが頷いた。

あの崩れたドームの中に反応がある。大昔の兵器という事だけど、魔導具なので魔晶石が使われていたと思われる。

しかも天候を操るなんてとんでもない能力、大気中や地脈の魔力を使っていたとしても、それを制御するには安定して魔力を供給できる魔晶石を使った装置があるに違いない。

僕達が感じたのは、その魔晶石に僅かに残る魔力だろう。

「どれどれ……何だかプラネタリウムみたいね」

「プラネタリウムニャ？」

後ろのソファーに座っていたアカネがルルちゃんの席の窓からその建造物を見て、プラネタリウムと口にした。ルルちゃんには通じないが、確かに前世の子供の頃、遠足で行ったプラネタリウム、もしくは天文台みたいだ。

「レーヴァ、前脚を僕が操作して大きな残骸を取り除くから、レーヴァはマニピュレーターで細かな残骸の除去をお願い」

「分かったであります。レーヴァにお任せなのであります」

僕とレーヴァで、崩れたドームの残骸を取り除いていく。

トリトンのモデルでもあるタガメの前脚は攻撃用でもあるけど、残骸を取り除く程度の作業なら出来る。

逆にマニピュレーターの方は、大きな残骸を取り除くにはパワーが足りないんだよね。もともとマニピュレーターは、先端にあるアイテムボックスの魔導具でオリハルコンの残骸を回収するためのものだから、基本パワーは必要なかったんだ。

「しかし、見事に加工された石材ですな」

「そうだね。それに数千年も海の中で眠ってたなんて思えない状態だしね」

「そういえばそうですな。少し不思議であります」

島の起伏を見ると、このドーム状の建造物は、島の中でも高い場所にあった。これは天候を操作する魔導具を設置する関係で、空に少しでも近い方が都合がよかったんだろう。

お陰で水深的にはそれほどでもないのがありがたい。

とはいえ水深百メートル付近は真っ暗なんだけどね。高性能なライトを用意しておいてよかったよ。

プラネタリウムや天文台のようなドームの中にある瓦礫をある程度片付けると、ソレは直ぐに見つかった。

「……大きいね」

「大きいであります」

「どれどれ……って、アレの何処が壊れてるのよ！」

ウィンディーネとノームから回収依頼のあった兵器。この星の天候操作を可能にするトンデモ魔導具は、まさにプラネタリウムを映し出す機械のような見た目をしていた。

違うのは、その大きさ。大型のプラネタリウムと比べても、倍以上大きいだろう。

そしてアカネが叫んだように、一見壊れているように見えない。

「いや、アカネ。壊れてるのは間違いないよ」

「そうなの？　そうは見えないわね」

「まだ綺麗ニャ」

「アカネ様、ルルちゃん。あれほど高度な魔導具でありますから、少しでも歪みがあれば正常に作動させるのは無理だと思うでありますよ」

レーヴァが理由を説明してくれた。

「そうだね。表面が何故か綺麗だからそう思うかもしれないけど、かなり歪んでいるのは確かだよ」

「へぇ～、そうなんだ」

アカネとルルちゃんが勘違いするのも分かる。一見、傾いているけど綺麗に見えるからね。

とはいえレーヴァが言ったように、僕やレーヴァにも未知の高度な技術で造られた魔導兵器だ。剣や鎧とは違って、少しの歪みでも稼働不能になるだろう。

「だけど、これは放っておいちゃダメだ。破壊したっていうノームの言葉に嘘はなかったけど、僕達以外が回収した時の事を思うとゾッとする」

「でありますな。地脈や大気中の魔力を使うシステムを再現出来るとは思わないでありますけど、この兵器自体はある程度解析されちゃうでありますよ」

「だよね。今の魔導具のレベルとはかけ離れているから、多分大丈夫だとは思うけど、不安はあるよ」

現状ドワーフの国、ノムストル王国でさえ、魔導具の水準は聖域のレベルにも届いていない。ただ、部分的には解析出来ても不思議じゃない。やっぱりこれは、僕達で回収してただのオリハルコンとして利用した方がいいね。

「地面に深く繋がっているのは、地脈から魔力を吸い出す装置でありますね」

「間違いなくそうだね。おそらくミスリルのケーブルを使ってるんだと思う」

「オリハルコンでなくてよかったであります」

「うん。オリハルコンのケーブルを切断するのは大変だからね」

傾いた魔導兵器の下から地面に繋がるケーブルが確認出来る。流石にそこまでオリハルコンでは作れなかったんだな。

「じゃあ、地面に繋がるケーブルを切断するね」

「了解であります」

僕は武器でもあるトリトンの前脚を使って、ミスリルのケーブルを切断する。

普通なら、そう簡単に切れないのがミスリルだが、トリトンの前腕はオリハルコンとアダマンタイトの合金。それを僕が付与魔法で強化したものだ。対するミスリルのケーブルは、魔力伝導性を考慮した純ミスリルだったので、まったく問題なく作業は終わった。

「よし、切断完了。これで回収出来るかな」

「少し大きいでありますが、多分大丈夫だと思うであります」

「じゃあ、回収お願い」

「了解であります」

レーヴァに回収を頼むと、彼女が慎重に操作するマニピュレーターが、オリハルコン製の魔導兵器まで到達する。そこでレーヴァがアイテムボックスへ収納を試みた。

「……やったであります！　オリハルコン製魔導兵器の回収は成功であります！」

「うん。何とか回収出来たね」

「ちょ、ちょっと……タクミ」

「ん、何だいアカネ」

僕とレーヴァが、ウィンディーネとノームからの依頼を無事達成して喜んでいると、アカネが心なしか震えた声で呼んできた。

彼女の方を振り返ると、アカネは窓の一つ、片方の目の部分を指さしている。

その窓の外、トリトンのライトが照らしていたのは……

55　海底の掃除屋

「なっ、何かな？」

「わ、分からないわよ！」

それは、巨大な何か。大型の魔物が多い海中では珍しくないのかもしれないけど、クジラなんかよりずっと大きい。

「ウミウシ？」

「スライムじゃないの？」

「クラゲにも見えるであります」

「逃げなくても大丈夫ニャ？」

「そ、それだ！」

巨大な何かは、外見はウミウシみたいだが、半分透き通ったスライムにも見える。

レーヴァがクラゲと言ったように、触手らしきものも確認出来た。

しかし、そんな事を考えている場合ではない。

「急速旋回！　全速前進！　浮上するよ！」

「了解であります！　その前に、これでも喰らえであります！」

僕がトリトンをその場で旋回させるその前に、レーヴァが魚雷擬きを発射した。

ポヨンッ！　バリバリッ！

「あれっ？　効いてないであります？」

「に、逃げるよっ！」

対象が大きいので簡単に命中したけど、雷撃を受けたウミウシのオバケみたいなのは少し動きを止めただけで、何でもないように再び動き出した。

「タクミ！　急いでっ！」

「触手みたいなのを伸ばしてるニャ！」

アカネとルルちゃんが叫んだ。スピードは速くないものの、明らかに僕達の乗るトリトンを目がけて触手を伸ばすウミウシのオバケ。

トリトンを急旋回させ、逃げに徹する。

海中で、しかもトリトンに乗った状態では攻撃手段に乏《とぼ》しい。せめて海面まで誘導出来れば、いくらでも攻撃手段がある。

落ち着いて感知すると、あのウミウシのオバケは、そう強くなさそうだ。ひょっとすると、魔物ですらないかもしれない。

ドラゴンやシーサーペントなんかだと、内包する魔力もそれなりだけど、あのウミウシのオバケには魔力をほとんど感じない。

とはいえ、あの触手に捕まるのはよろしくない。潜水艇トリトンは頑丈に造ったつもりだが、流石に深海に引き込まれると危ない。

「タ、タクミッ！」

見た目が女の子的に受け付けないのか、アカネが再び悲鳴を上げた。女の子って歳でもないか。

だが、アカネが叫ぶのも分かる。何本もの触手が、本体のスローな動きとは裏腹に、かなりのスピードで迫ってくる。

「タクミ様、転移すればいいでありますっ！」

「そ、そうだった！　て、転移っ!!」

レーヴァからもっともな事を指摘された僕は、トリトンごと聖域近くの海上に転移した。


海上に浮かぶトリトン。空の青さにホッとする。

「ここまで来ればもう大丈夫だね」

「そうでありますね」

「ああー気持ち悪かったわ」

「怖かったニャ」

聖域の近くまで戻ってきた事で安心した僕達の乗るトリトンの中に、ウィンディーネが現れた。

「あの子は、そんなに危なくないわよ」

「ウィンディーネ！」

「それってどういう事？」

アカネが尋ねると、ウィンディーネが何でもないように言う。

「あの子は魔物じゃないもの」

「確かに、魔物には見えなかったけど、あの大きさだよ。触手も伸ばしてきて捕まるところだったし」

「それはタクミ達が先に攻撃したからよ」

ウィンディーネが言うには、あのウミウシ擬きは、海底に沈んだプランクトンの死骸を食べている大人しい生き物らしい。

「もしかして、あの海底遺跡が不自然なくらい綺麗だったのは……」

「そうよ。あの子がプランクトンの死骸を食べる時に、積もった砂ごと食べるからよ。それも消化しきれない砂なんかは、決まった場所に排出する習性があるから、タクミ達も遺跡を見つけるのが楽だったでしょう」

「そんなぁ……」

最初に海底遺跡を見た時に感じた違和感。海藻や貝類がなく、あまりに綺麗な状態だったのは、ウミウシ擬きの仕業だったんだ。

あのウミウシ擬きは、海底の掃除屋なんだとか。生きているモノは食べないので、何もしなければ危険はなかったらしい。

それに、あの触手ではトリトンを引き寄せるなんて到底無理で、楽々引き千切れるとの事。

「そもそもそんなに強い生き物じゃないから、タクミが外に出て魔法を一発放てば終わってたわよ。

可哀想だから私が止めたでしょうけどね」

「もう、そういうのは先に言ってよ」

「いいじゃない。タクミが慌てる姿なんて久しぶりじゃない？」

「意地が悪いよ。ウィンディーネ」

焦《あせ》った僕達は馬鹿みたいじゃないか。少しウィンディーネを睨む。

「ごめんなさいって。ちょっとしたイタズラじゃない。目的のオリハルコンも回収出来たみたいだし、ミッションコンプリートね」

「……まあ、いいか」

悪びれないウィンディーネに、溜息が出るけど、精霊ってそんなものだね。大精霊でも本質的な部分は変わらない。

「あっ、そうそう。ソフィア達が同時に産気《さんけ》づいたわよ」

「え⁉ ちょっ、それを早く言ってよ！」

まるでついでのように、ウィンディーネから最も重要な事を言われ、慌ててトリトンごと騎士団の訓練所に転移する。

はぁ、こんなバタバタした日常が続いていくんだろうなぁ。

まあ、でも子供達が健やかに育ってくれれば、オールオッケーかな。

いずれ最強の錬金術師？
SOMEDAY WILL I BE THE GREATEST ALCHEMIST?
1～6
原作＝小狐丸
漫画＝ささかまたろう
シリーズ累計 92万部突破（電子含む）
最強の生産スキル
錬金術発動！
勇者でもないのに勇者召喚に巻きこまれ、異世界転生してしまった入間巧。「巻きこんだお詫びに」と女神様が与えてくれたのは、なんでも好きなスキルを得られる権利！地味な生産職スキルで、バトルとは無縁の穏やかで慎ましい異世界ライフを希望——のはずが、与えられたスキル『錬金術』は聖剣から空飛ぶ船までなんでも作れる超最強スキルだった……！ ひょんなことから手にしたチートスキルで、商売でボロ儲け、バトルでは無双状態に!? 最強錬金術師のほのぼの異世界冒険譚、待望のコミカライズ!!
◎B6判　◎各定価：748円（10%税込）
いずれ最強の錬金術師？ 6
原作 小狐丸 漫画 ささかまたろう
訳アリだけど凄腕なケモ耳美少女を助手に迎え生産力爆アガり！
Webにて好評連載中！ アルファポリス 漫画 検索 コミックス絶賛発売中！

1~4巻
好評発売中!

最底辺の魔物・ゴーストとして異世界転生したシグムンド。彼は次々と魔物を倒して進化を重ね、やがて「不死王」と呼ばれる最強のバンパイアへと成り上がる。強大な力を手に入れたシグムンドは辺境の森に拠点を構え、魔物の従者やエルフの子供たちと共に、自給自足のスローライフを実現していく——!

●各定価:1320円(10%税込)
●Illustration:高瀬コウ

●定価:748円(10%税込)
●漫画:小滝カイ ●B6判

不死王はスローライフを希望します
1・2
原作 小狐丸
漫画 小滝カイ
最強バンパイア、魔境でのんびり生産力を極めます
大好評発売中!
不死王はスローライフを希望します 1
不死王はスローライフを希望します 2
異世界転生したら最弱のゴーストになっていた主人公・シグムンド。どうにか生き延びようと洞窟でレベリングするうちに、気が付けば進化を極めて最強の“不死王”に…! 強大な魔物がひしめく森に拠点を構え、眷属を増やしたりゴーレムを造ったりしながら生産暮らしを楽しみつくす、ほのぼの生産系異世界ファンタジー!
●B6判 ●各定価:748円(10%税込)
Webにて好評連載中!
アルファポリス 漫画
検索

Re:Monster
リ・モンスター
1〜8.5〜9・外伝
暗黒大陸編1〜3
金斬児狐
Kanekiru Kogitsune
シリーズ累計150万部（電子含む）突破！
TVアニメ化決定!!
ネットで話題沸騰！
怪物転生ファンタジー
最弱ゴブリンの下克上物語 大好評発売中！
【小説】1〜9巻／外伝／8・5巻
Re:Monster リ・モンスター
転生したのはまさかの最弱ゴブリン!?
ネットで超人気！怪物転生ファンタジー開幕！
◉各定価：1320円（10％税込）
◉illustration：ヤマーダ
新章
【小説】1〜3巻（以下続刊）
Re:Monster 暗黒大陸編 リ・モンスター 1
THE DARK CONTINENT
最弱ゴブリンから最強黒鬼 そして新世界の伝説へ！
新たな旅が今始まる！
累計65万部！
新シリーズ！
◉各定価：1320円（10％税込）
◉illustration：NAJI柳田
コミカライズも大好評！
【漫画】1〜10巻（以下続刊）
Re:Monster リ・モンスター 1
転生したのは…最弱ゴブリン!?
異世界下克上サバイバルファンタジー
累計23万部突破!!
待望のコミカライズ!!
◉各定価：748円（10％税込）
◉漫画：小早川ハルヨシ

The Record by an Old Guy in the world of Virtual Reality Massively Multiplayer Online
とあるおっさんのVRMMO活動記
1〜28
椎名ほわほわ
Shiina Howahowa
アルファポリス 第6回 ファンタジー小説大賞 読者賞受賞作!!
累計 180万部突破の大人気作
(電子含む)
TVアニメ
2023年10月2日より放送開始!
TOKYO MX·BS11ほか
コミックス 1〜11巻 好評発売中!
超自由度を誇る新型VRMMO「ワンモア・フリーライフ・オンライン」の世界にログインした、フツーのゲーム好き会社員・田中大地《たなかだいち》。モンスター退治に全力で挑むもよし、気ままに冒険するもよしのその世界で彼が選んだのは、使えないと評判のスキルを究める地味プレイだった!
——冴えないおっさん、VRMMOファンタジーで今日も我が道を行く!
1〜28巻 好評発売中!
各定価:1320円(10%税込) illustration:ヤマーダ
漫 画:六堂秀哉 B6判
各定価:748円(10%税込)
アルファポリスHPにて大好評連載中!
アルファポリス 漫画
検索

月が導く異世界道中
Tsukiga Michibiku Isekai Dochu
あずみ圭
Azumi Kei
1~18
8.5
シリーズ累計
350万部
(電子含む)
の超人気作!
TVアニメ 第2期
2024年1月から
2クール
放送決定!
異世界へと召喚された平凡な高校生、深澄真。彼は女神に「顔が不細工」と罵られ、問答無用で最果ての荒野に飛ばされてしまう。人の温もりを求めて彷徨う真だが、仲間になった美女達は、元竜と元蜘蛛!? とことん不運、されどチートな真の異世界珍道中が始まった!
2期までに
原作シリーズもチェック!
薄幸系男子の成り上がりファンタジー、開幕!
なんでだろう 親の都合で異世界へ
読者賞受賞作!
持望の書籍化!
●各定価:1320円(10%税込)
●illustration:マツモトミツアキ
1~18巻好評発売中!!
月が導く異世界道中 1
あずみ圭
木野コトラ
とことん不運、されどチート!!
漫画:木野コトラ
●各定価:748円(10%税込)●B6判
コミックス1~12巻好評発売中!!

異種族キャンプで全力スローライフを執行する……予定!

Ishuzoku camp de zenryoku slowlife wo shikkou suru …… yotei!

甘党エルフに酒好きドワーフetc…

気の合う異種族たちと
まったりアウトドア生活!!

タジリユウ
Yu Tajiri
大自然・キャンプ飯・デカい風呂——

なんでも揃う魔法の空間で、思いっきり食う飲む遊ぶ!

『自分のキャンプ場を作る』という夢の実現を目前に、命を落としてしまった東村祐介、33歳。だが彼の死は神様の手違いだったようで、剣と魔法の異世界に転生することになった。そこでユウスケが目指すのは、普通とは一味違ったスローライフ。神様からのお詫びギフトを活かし、キャンプ場を作って食う飲む遊ぶ! めちゃくちゃ腕の立つ甘党ダークエルフも、酒好きで愉快なドワーフも、異種族みんなを巻き込んで、ゆったりアウトドアライフを謳歌する……予定!

◉定価：1320円（10%税込） ISBN978-4-434-32814-5 ◉illustration：宇田川みぅ